B
A Year in Plagues and Pencils

エドワード・ケアリー
古屋美登里=訳
written and illustrated by EDWARD CAREY

B：鉛筆と私の500日

東京創元社

鉛筆と私の500日

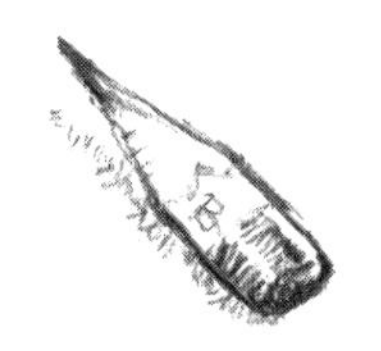

＊本文中（　）内の数字は、「何日目の画か」を示しています。

1年という長きにわたって
会うことが叶わなかった母に捧ぐ

「このハムレット、たとえ胡桃(くるみ)の殻のなかに閉じ込められていようとも、無限の宇宙を統(す)べる王のつもりになれる男だ。悪い夢さえ見なければな」

ウィリアム・シェイクスピア『ハムレット』より
第２幕第２場

1日目　決然とした青年

鉛筆のせいだ。私にはそんなつもりはなかった。考えてもいなかった。ただそうやって始まってしまっただけなのだ。

私はいつも画(え)を描いている。画を描くのがこのうえなく好きだ。画を描くことは一種の逃避であり、気を静める方法だ。考えごとをする方法だ。鉛筆に自分を託す。頭のなかに描きたいと思うものがあると鉛筆がそれをきちんと紙の上に表現してくれる。たいてい鉛筆には鉛筆の考えがあり、鉛筆の心の赴(おもむ)くままに描かせると、そのほうがずっといい画ができたりする。

パンデミックが始まったとき最初に描いたのはただのいたずらがきだった。白い紙をまえにし、気の向くままに描いた。まずは鼻から。どんな鼻でも、とにかく鼻ならなんでもよかった。私は顔を描くとき必ず鼻から描き始める。まず鼻に熱心にとりかかる。鼻は顔の真ん中にあるので、いったん鼻が決まるとほかの部分が描ける。たいていは次のような順番だ。鼻、口、下顎、左目、右目、左耳、右耳、髪の毛、首。そんな具合に進んでいく。2020 年 3 月 19 日のこと、私が鼻をひとつ描き、それからほかの部分も描き続けてしばらくすると、非難するようにこちらを見つめる青年が現れた。青年はこう言っているようだった。なに見てるんだ？　あるいはもしかしたら、やれるんなら、続けて描いてみろよ、どうせ描けやしないだろ、と言っていたのかもしれない。それとも、初期の頃の隔離生活への不満を表明していただけなのかもしれない。おい、しゃきっとしろ、何かするんだ、何かをやれ、と。
　知り合いの女の子が、この青年はおじさんにそっくりね、と言った。また、若かりしころの自画像を描こうとしたんですか、と尋ねる人もいた。でも、この決然とした青年は私が自分を描こうとしたのではなく鉛筆から勝手に生み出されたものなのだ。青年は青年以外の何者でもない。彼が私に似ているとしても、それはたまたま似ているだけのことだ。人は頭のなかにたくさんの顔をしまっている。そのなかには、当然のことだが、自分の顔もある。いずれにしても、この青年はパンデミックが続いていくうちに私とは似ても似つかない顔に変貌していく。私のほうは変わらずにいると思っているのに。ともあれ、この青年の顔が最初に描いた画で、彼を「決然とした青年」と名付けた（この青年を描いたのは、1日目、100日目、150日目、200日目、250日目、300日目、352日目で、きりのいい350にならなかったのは、俳優のクリストファー・プラマー（324）が亡くなったあたりで数え間違えたからだ）。これまでTwitterにときどき画を投稿していたので、3月19日にこの青年を世の中に送り出し、気に入ってくれる人がいるかどうか様子をみようと思った。この絵を投稿した日に私はこんなことを書いている。「このくだらない騒ぎが終わるまで、1日1枚、画を描いていくことにします」と。それは鉛筆自らの意志表明にも似ていた。私はそんなことを書くつもりはまったくなかったのだが。もしかしたら、決然とした青年が私に書かせたのかもしれない。とにかく、私はこう思った。いいよ、わかった、やるよ。そのくらいはできる。当たり前だ。私にできないとでも？　それで「投稿」を押した。もう遅すぎる。私はやれると言った。引き返せない。でも、まだ本気でやるつもりはなかったのだ。

（鼻を描いて過ごしている。つい最近またもや鼻が現れた。2週間前のこと。あるいはその鼻を見てから数ヶ月も経っているのか。はっきりわからない。それに、その鼻を本当に見たのか怪しい。剥き出しになった鼻。私は食品を運んでいるところだったが、その食品を配達してきた人は大きいサイズのマスクをしていたためにしょっちゅうマスクがずり落ちていた。その鼻をしまっておいてくれ。マスクがずり落ちるたびに私は顔をしかめた。鼻が隠れていないよ、と配達人に言うと、彼は申し訳ないと謝り、すぐに鼻を隠した。ところがまたマスクがずり落ちてきてまたもやその鼻が現れた。鼻を見てはいけないんだ。鼻は禁止されている。いつか再び鼻が日の目を見るときはくるだろうが、いまは鼻は隠しておかなくてはならない。そんな状況だから、この青年の鼻を見るのは気が進まなかった。いたたまれなかった。いつか再び鼻が大手を振って現れる時がくる。口も表に出る時がくるはずだ。そして顎も、そのうちきっと、見慣れたものになるだろう）。

2日目　非常に決然とした若い女性

3日目　大黒椋鳥擬（おおくろむくどりもどき）

いま私たちが味わっているこの悪夢が不穏でおかしなものになり始めたとき、私はロンドンにいた。画廊を巡り、大勢の友人に会い、朗読の催しに参加し、芝居を観に（317）行っていた。ところが、いきなりすべてが一変した。人々が不安そうな顔つきになった。シェイクスピアのグローブ座（6、26、36、60、66、95、283、316）のそばのサウス・バンクを歩いているとき、すれ違った人はひとり残らず携帯電話でそのことを話していた。世界は閉鎖されつつあり、私は生まれ育った国にいて、現在住んでいるところからは遠く離れていた。

家族とはエディンバラで落ち合うことになっていたが、テキサス州の自宅で家族と共に引きこもるために、3月14日に私は早々にオースティン行きの飛行機に乗っていた。なんとも不思議なフライトだった。誰もが他人との距離を保ち、座席を拭き、互いに目を見ないようにしていた。いまではすっかりそうした振る舞いに慣れきっているが、当時は珍しいことだった。人々が他者を閉め出そうとするのは見るに忍びない光景だった。オースティンに到着すると、以前より、そして他の空港で何時間も長蛇の列に並んで待っていたときより、はるかに速く税関を通過することができた。迎えに来てくれた妻の運転する車に乗ってすぐさま空港を後にした。間もなく自宅に戻ったが、いまではそこが唯一の場所になった。私はこう考えていた。セント・ポール大聖堂のまわりを歩いていたのは昨夜のことだったのに、あの大聖堂を再び目にできるのはいつになるのだろう、と。そして私は妻と子どもふたりと、さらに突然現れた小さな黒い捨て猫といっしょに自宅におさまった。猫アレルギーの友人（276 を飼っていた）が救い出してきた猫を、わが家に迎え入れたのだ。それで、この低予算作品の出演者と舞台が決まった。4 人（45、182、251、365）と 1 匹（4）と狭い庭付きの平屋だ。どれほど長くこの期間が続くのかわかる人などいないだろう。何をすればいいのだろう。子どもたちはヴァーチャルな学校で学び、妻はヴァーチャルな教室で教え、休暇中の私には時間があった。

4 日目　猫のマーガレット

5日目　サミュエル・ピープス

6日目　リア王

7日目　チャールズ・ディケンズ

8日目　ダニエル・デフォー

9日目　鵲(かささぎ)

10日目　ジョン・キーツ

11日目　家の精霊
ブラウニー

12日目　メデューサ

13日目　シャーロット・
ブロンテ

最近私が書き終えた小説は、たったひとり、途轍もなく特殊なソーシャル・ディスタンスを強いられた男を描いたものだった。ピノッキオの父親ジュゼッペ（232、314）は、巨大な魚の腹のなかで２年間を過ごした。私がずっと考え続けていたのは、その孤独と、彼が正気を保つためにやらなければならないことについてだった。まず、彼は忙しくしていなければならない。忙しくしているために生活の記録を書く。さらに、作品を創らなければならない。なんといっても、彼は芸術家なのだから。結局、自ら息子を創り出したのだから。それでその小説のために私は、ジュゼッペが鯨の腹のなかに閉じ込められているときに創りそうな作品を自分で創った。カルロ・コッローディが書いた『ピノッキオの冒険』の物語では、木彫りの人形ピノッキオは（私は彼を「物の守護聖人」だと思っているが）、人間になるというのはどんな感じなのだろう、人間にどうやったらなれるのだろう、といつも考えている。暗くてじめじめした魚の腹のなかに閉じ込められてゆっくりと消化されながらジュゼッペは、しばらくしてから同じように自問する。人間とはなんなのだろう、と。そして鬚が伸び、爪が伸び、肌がひどい状態になり、皺だらけになり、魚そっくりになったとき、こう考えたかもしれない。いまも私は人間だろうか。あるいはほかのものなのだろうか。

コッローディの素晴らしくも不穏な作品の最後では——これ

はディズニー映画とはまったく違うが——ピノッキオはとうとう人間の子どもになる。長いあいだ焦がれていた変身が叶ったとき、木彫りの人形は抜け殻のようにそこにあり（いまや命のない木偶（でく）の坊だが）、人間の姿になったピノッキオの言葉で物語は終わるのだが、その言葉は変わった裏切りの行為だ。「人形だったぼくってなんておかしかったんだろう！　人間の子になれて、いまぼくはとっても幸せだ！」

　この状況が終わったとき、私たちは隔離期間のあいだの自分をすぐに捨て去るのだろうか。そのときの自分や、気怠（けだる）さと苦しみに満ちた長い時間のことをすぐさま忘れ去るのだろうか。

　暗闇のなかで、いつになれば終わるのか、いつになれば自由の身になるのか、と考え続けるジュゼッペのことを思う。希望を潰（つい）えさせないために彼は文章を書き、物を創り、絵を描くのだ。

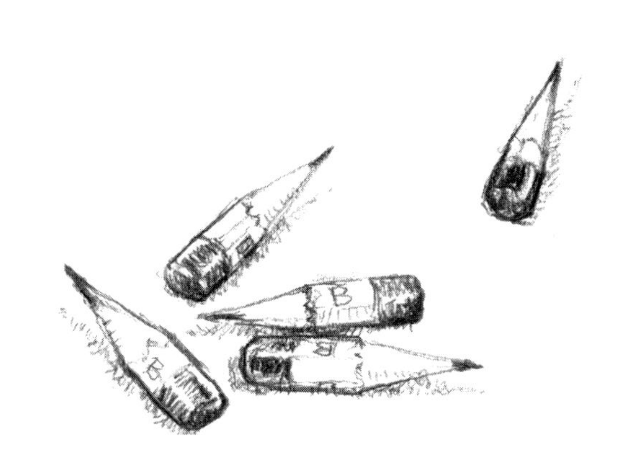

14日目　グレート・オルム・ゴート。
この山羊たちは最初のロックダウンの
ときに無人のランディドノーの
通りを支配していた。

15日目　長靴をはいた猫

16日目　メアリ・
ウルストンクラフト

17日目　ヤガーばあさん
〔スラブ人の昔話に登場する
森に住む妖婆〕

18日目　ロバート・ルイス・
スティーヴンソン

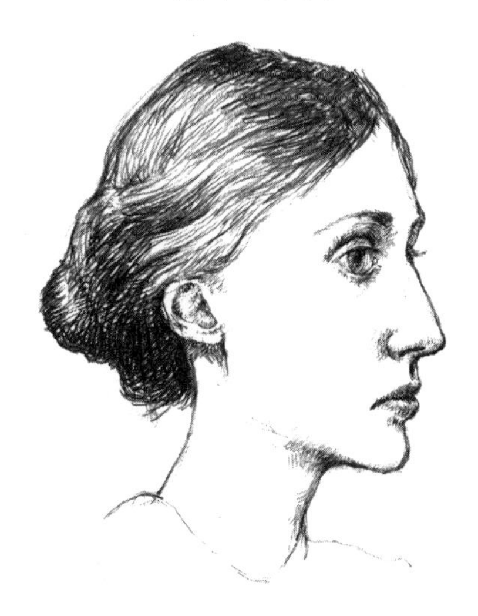

19日目　ヴァージニア・ウルフ

感染症の世界的大流行が始まってイングランドから戻ってきたとき、私はかなり陰鬱な小説を書いている最中で、その小説のなかで身動きが取れなくなってしまい、自分の作品だとはまったく思えず、長いあいだかかわってきたこの小説をどうやって進めていけばよいのかわからなくなっていた。道を見失ってしまったのだ。前にもこういうことはあった。15年も書き続けてようやく日の目を見ることができた作品がある。途中で書くのをやめ、もう二度とこの作品には戻るまいと心に決めたが、何ヶ月も何年も経ってみると再びその作品（258）を愛せるようになっていた。このたびの小説にも同じことが起きたので、私はいったん忘れることにした。ほかのものが必要だった。なんでもやれるはずだ。なにかを探さなければ。書きたいと思って数ヶ月ほどじっくり構想を練っていた別の作品があったので、そちらを書いてみようと思った。しかしすぐにでも始められるものが必要だったので、鉛筆と紙を手にすると、意図したわけではないのに「決然とした青年」を描いていた。まずはここからだな、と私は思った。1枚の画が描ければ次の1枚も必ず描けるものだ。ひとつの顔がもうひとつの顔へと導いてくれる。ひとつの動物がもうひとつの動物を招き寄せてくれる。塵（ちり）も積もれば山となる。そうやって描き続けていけば、巨大魚の腹のなかのジュゼッペのように、きっといつかは幸運が訪れ、再び自由の身になれるだろう。

20日目　50歳の誕生日に2歳の自分を描いた

21日目　ペスト医師

22日目　マーサ・ゲルホーン

23日目　ペスタ

24日目　ミシェル・ド・モンテーニュ

25日目　『ウォーターシップ・ダウンのうさぎたち』のファイバー。復活祭の日に。

真っ白な紙と、そこに鉛筆で描く線というのはなんとも心和むものだ。鉛筆はありきたりなものだが万能の道具でもある。見えるか見えないかわからないほどの点を描くことも、真っ黒な堂々とした線を描くこともできる。とても寛大でもある。間違った線を描いても、ご心配なく、すぐに擦(こす)り落とすことができる。鉛筆は何にでもなれるし、描く際にたいした手間がいらない。1枚の紙と鉛筆削り器があれば、すぐに王族にもトロールにも、哲学者にも大黒椋鳥擬(おおくろむくどりもどき)にもなれる。

Twitter と Instagram に初めて作品を投稿し、このロックダウンが終わるまで毎日1枚ずつ画(え)を投稿すると宣言したときには、封鎖期間はひと月かふた月くらいで終わるだろうと思っていた。当時は、毎日描くのはたやすいことのように思えたし、少なくともその日1日を過ごした記録になるように思えた。というのも1日1枚というのはたいした量ではなく、1枚描くくらい負担にはならないからだ。ちょっとした逃避であり、挨拶であり、囚人が独房の壁に刻む印と同じだ。それがどれくらい続くか、ということは考えるな、今だけを考えればいい。今日はここにこうしてあり、明日のことはわからないのだから。

間もなく私は、次に何を描けばいいのか、と思い悩むようになる。2日目には、なんの工夫もなく、「非常に決然とした若い女性」を描き、3日目にこよなく愛する大黒椋鳥擬を描き、4日目にわが家の一員になったばかりの猫を描いた。ところが朝がくる度に私は頭を掻きながら、今日は何を描こうか、と考えるようになる。サミュエル・ピープス（5）を描いたのはロンドンが恋しかったからだ。すでにロンドンを懐かしく思い始めていた。イギリスから戻ったのはほんの数日前のことなのに、はるか昔のことのように思えた。ローマのアパートメントに隔離されている友人がダニエル・デフォー（8）を描いてくれないかと言ったのは、ピープスと同じように、デフォーもロンドンで大疫病〔1664～65年にロンドンで発生した腺（せん）ペストのことで、市民46万人のうち死者は7万人にのぼった〕を目の当たりにした人物だったからだ。

その後、私が会ったこともない多くの人たちからも画のリクエストが届くようになった。いつの間にか私は、これまで描いたことのない人物や動物を描くようになっていた。鵲（かささぎ）（9）や山羊（14）（グレート・オルムにいる山羊は、通りが無人になったのをいいことに、田舎からウェールズ北西部のランディドノーの町にやってきてわが物顔で歩いていた）も描いた。リア王（6）やリチャード2世（26）といったシェイクスピアの戯曲に登場する人物も描いた。メアリ・ウルストンクラフト（16）、ヴァージニア・ウルフ（19）といった作家や、メデューサ（12）や家の精霊ブラウニー（11）、長靴をはいた猫（15）、ヤガーばあさん（17）、ペスタ（23）〔ノルウェーの伝説に出て来る鬼婆で、黒死病の化身だとされる〕など、神話やおとぎ話に出て来る人物やペスト医師（21）も描いた。この奇妙な隔離期間にこちらの気持ちが軽くなるような、慰めになるような偉大な人物や作家も描いた。ミシェル・ド・モンテーニュ（24）、シャーロット・ブロンテ（13）、チャールズ・ディケンズ（7）、ロバート・ルイス・スティーヴンソン（18）。毎日毎日、鉛筆画をちょっとした挨拶のつもりで投稿した。それを続けた。そうやって26枚の絵ができあがった。

26日目　リチャード2世

27日目　ウィリアム・ブライ

28日目　フローレンス・
ナイチンゲール

同日　メアリ・シーコール

29日目　『チキ・チキ・バン・バン』
のチャイルド・キャッチャーを
演じたロバート・ヘルプマン

30日目　『レベッカ』で
ダンヴァース夫人を演じた
ジュディス・アンダーソン

31日目　ジョージ・オーウェル

32日目　鳩

33日目　『オリヴァー・
ツイスト』のバンブル氏

34日目　アルベルト・
アインシュタイン

35日目　隔離中の「地球の日」〔4月22日〕

36日目　ウィリアム・
シェイクスピア

37日目　シドニー・
ガブリエル・コレット

38日目　鼠（ねずみ）

39日目　イブン・スィーナ

40日目　ジョン・ダン

41日目　カピバラ

42日目　D・H・ローレンス

43日目　アイアイ

44日目　『鏡の国のアリス』の
ジャバウォック

45 日目　わが息子ガス。13 歳の誕生日に。

46日目　バスター・キートン

47日目　5月4日、
『スター・ウォーズ』の
レイア姫を演じた
キャリー・フィッシャー

48日目　フンボルトペンギン

49日目　マクシミリアン・
ロベスピエール

私はこれまでもずっと道具に関しては頑固一徹で、目移りするということがない。画(え)を描くのに使った紙は、ストラスモア・ブリストル紙の20枚一束になった横9インチ縦12インチのベラム面で、大きさも重さも手触りもこれほど描くのにぴったりなものはない。鉛筆削り器はドイツの真鍮製弾丸形のもので、重さもちょうどよく、あっという間に完璧な尖(とんが)りを作ってくれる。消しゴムはやはりドイツのファーバーカステル社のもので、描き直したいところをたいていささっと消し去ってくれる。すべての画は、日本のトンボ鉛筆のBで描かれていて、この鉛筆がいちばん気に入っている。このBというのが硬すぎず柔らかすぎず完璧なのだ。一般的なBよりも柔らかい。でも2Bは私には濃すぎるし、HBだと硬すぎる。このトンボのBを凌ぐ鉛筆にはいまのところ出合っていない。ゴルディロックス〔イギリスの童話『ゴルディロックスと3匹のくま』の主人公で、熊の家に入って自分に合うスープや椅子やベッドを試す〕のように、いろいろな鉛筆を試してはみたが、ぴたりと合うものに出合えなかった。

私にとってトンボ鉛筆のBは、ワーズワースにとっての黄水仙や、ビアトリクス・ポターにとっての赤栗鼠(あかりす)に比肩するものであり、私のカリフラワーであり、アドナムス〔イギリスのビール〕であり、ステーキ・アンド・エール・パイであり、エイヒレであり、ホルカムの浜辺であり、サー・ジョン・ソーン博物館であり、干潮時のテムズ川であり、ルンペルシュティルツヒェンであり、ミス・ハヴィシャム〔ディケンズの小説『大いなる遺産』の登場人物〕であり、日々の営みであり、これなくしては夜も明けず、日も暮れない。他の鉛筆も好きで、気に入ってはいるけれど、トンボ鉛筆のＢのように愛することはできない。

私は自分にがっかりすることがある。実際、よくがっかりしている。しかし、トンボ鉛筆のＢにはがっかりすることがない。

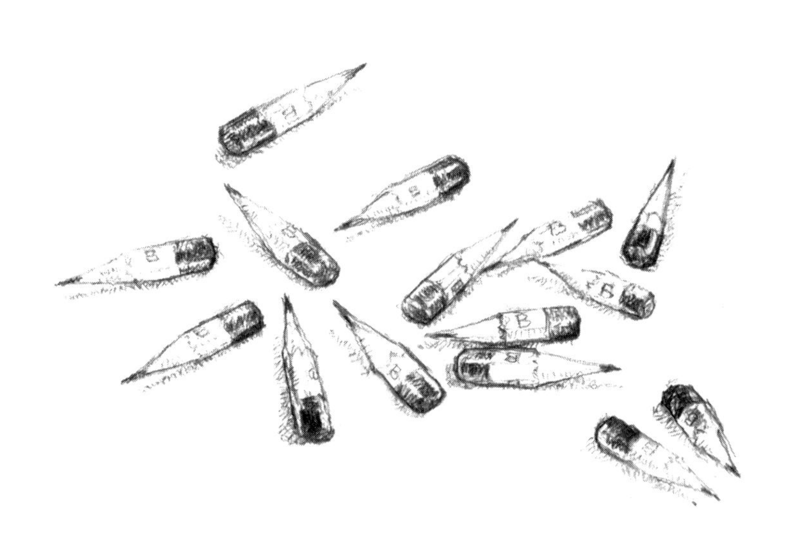

50日目　針土竜（はりもぐら）

51日目　サミュエル・ベケット

52日目　リトル・リチャード。安らかに眠りたまえ。

53日目 「肝っ玉おっ母」。
母の日に。

54日目 大蒼鷺(おおあおさぎ)

55日目 エドワード・リア

56日目　トマス・ペイン

57日目　小雀（こがら）

58日目　エミリー・ディキンソン

59日目　ジャンゴ・ラインハルト

60日目　ハムレット

61日目　W・G・ゼーバルト

62日目　グレイハウンド

63日目　オルランドを演じた
ティルダ・スウィントン

64日目　ジョルジュ・ペレック

65日目　〈ロックダウンの英雄たち〉『大いなる遺産』のミス・ハヴィシャム。家から出ない方法をよく知っていた。

66日目　〈ロックダウンの英雄たち〉マクベス夫人。手をよく洗うやり方を知っていた。

67日目　〈ロックダウンの英雄たち〉
『オペラ座の怪人』のエリック。
たいていの場合いつもマスクをつけていた。

68日目　月太蘭鳥（つきたいらんちょう）

69日目　カスパール・ハウザー

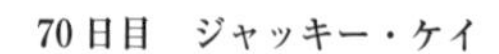

70日目　ジャッキー・ケイ

71日目　シーリハムテリア

72日目　ジョージ・フロイド

73日目　ブリオナ・テイラー

これまで画を描く気になれないときもあったが、毎日描くと約束したために1日1枚必ず投稿するようになった。それを見た人たちが感想を書いてくれるようになった。毎日画を見る習慣ができ、次の画を見るのがささやかな愉しみになっている、と。その頃、描き続けるうえでそうした言葉が支えになっていた。友人や見ず知らずの人たちからの感想を読むのが愉しかった。そのうち人々は自分で描いた画を投稿するようになり、それを見るのも私の愉しみになった。わずかな繋がり、小さないくつもの波を感じた。ささやかだが、大切なものだった。パンデミックの初期の頃、人々は、シェイクスピアが『リア王』(6、283)を書いたのはペスト流行中の隔離期間のときだったとか、私たちもこの期間を大切に、活動的に使うべきであって、浪費してはならない、と述べていた。しかし私は本当はそんなことしなくてもいいと思っていた。私たちは、自分にもっと優しくしたほうがいいし、もっと気楽に好きなことをしたほうがいい、強制なんかしないほうがいい、と思っていた。私にとって画を描くことは、心穏やかに呼吸をする方法だった。朝目を覚ましたときには、今日は何を描くかわかっていなかったが、なんとかなった。リクエストを受けると、まったく違うところへ連れていかれた。私たちは、家から出られないあいだに、自分たちの頭の中に新たな目的を見つけ出さなければならなかった。こうして画を描いた後、なにが起きるかわからなかったし、これが終わるまでにどれだけの数の画が積み重なっていくのか見当もつかなかった。地球上の多くの人と同じように、ただひたすら目の前の１日を過ごしていた。１日に１枚の画。１日１枚の画を描くことで感染症のことを考えずにいられた。

私はこれを過去形で書いている。しかし、それは正しくない。嘘偽りだ。いまもパンデミックは続いている。終わっていない。終わりは見えない。終わったようなふりはできない。

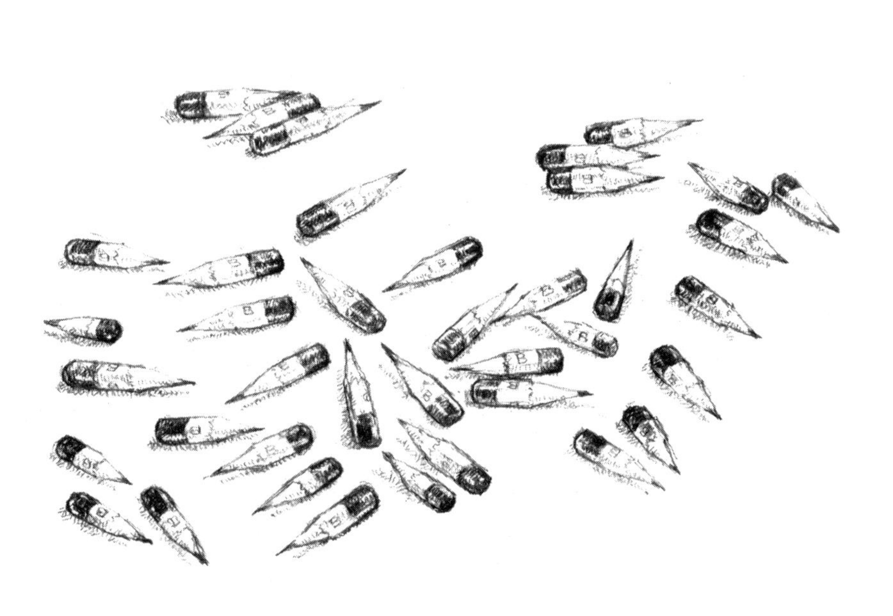

74日目　アマド・オーブリー

75日目　バラク・オバマ

76日目　デイヴィッド・
マカティー

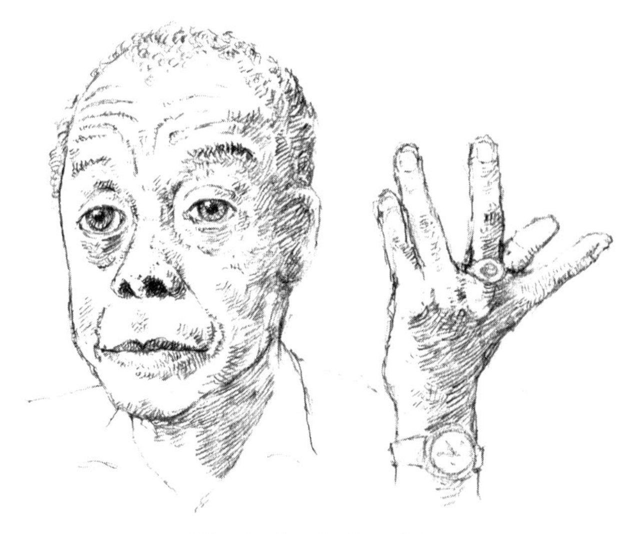

77日目　ジェイムズ・ボールドウィン

78日目　天安門で戦車に立ち向かう男

79日目　ドナルド・トランプ

80日目　ウィリアム・バー

81日目　ミッチ・マコーネル

82日目　ジャシンダ・アーダーン。
ニュージーランドが
新型コロナウイルス感染者ゼロを
宣言した日に。

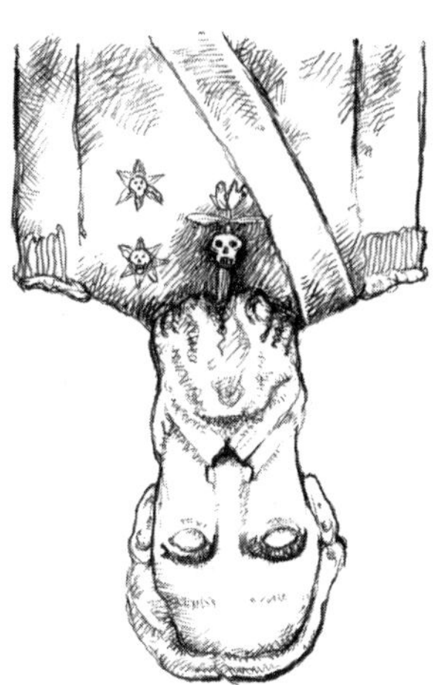

83日目　ベルギー国王
レオポルド２世の
ひっくり返された像

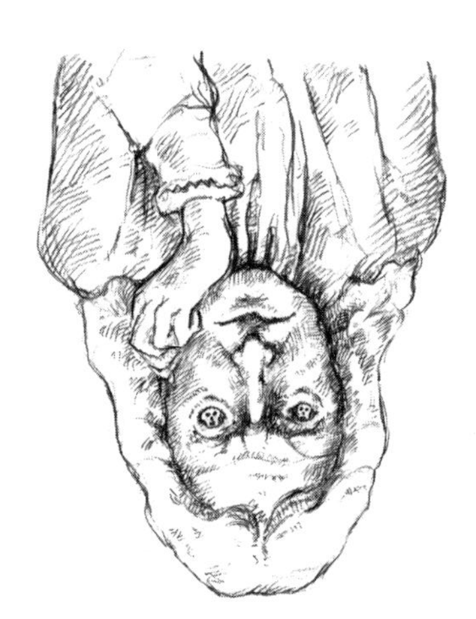

84日目　ブリストルの
エドワード・コルストンの
ひっくり返された像

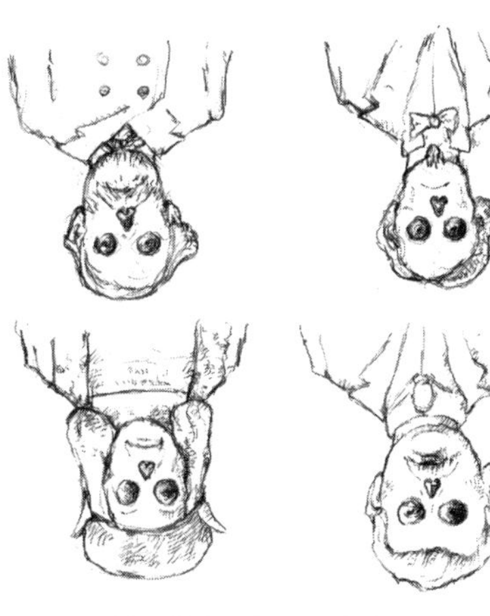

85日目　ボブ、ジェフ、クリス、
セシルのひっくり返された像

86日目　アンネ・フランク

87日目　フェルナンド・
ペソア

88日目　グザヴィエ・ド・
メーストル

89日目　アメリカ最高裁判所が
LGBTQ 雇用差別は
公民権法違反と宣言した日の、
LGBTQ 旗。

90日目　ジョー・コックス。
彼女が殺害された日に。
〔6月16日〕

91日目　アラン・ガーナー

92日目　デイム・ヴェラ・
リン。安らかに眠りたまえ。

93日目　サー・イアン・ホルム。
安らかに眠りたまえ。

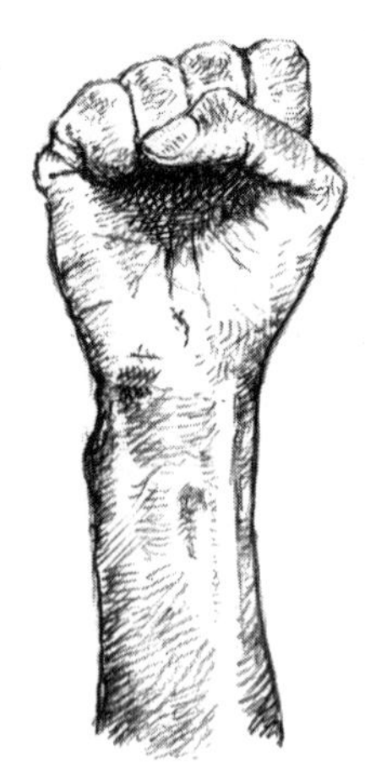

同日　奴隷解放記念日。
6月19日に。

94日目　夏至のストーンヘンジ

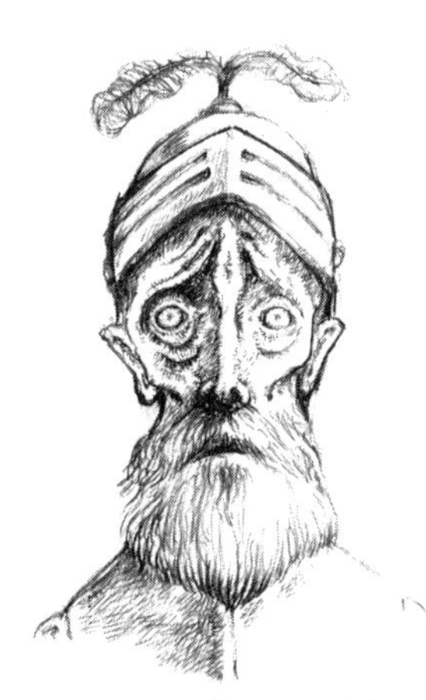

95日目　『ハムレット』
に登場する亡霊。父の日に。

96日目　ライラ・ベラクア、
パンタライモン、
イオレク・バーニソン
〔『ライラの冒険』より〕

97日目　アラン・
チューリング

98日目　ドン・キホーテ

99日目　サラ・クーパー

101日目　〈ロックダウンの
英雄たち〉ヘンリー・
デイヴィッド・ソロー。
距離を置く方法を知っていた。

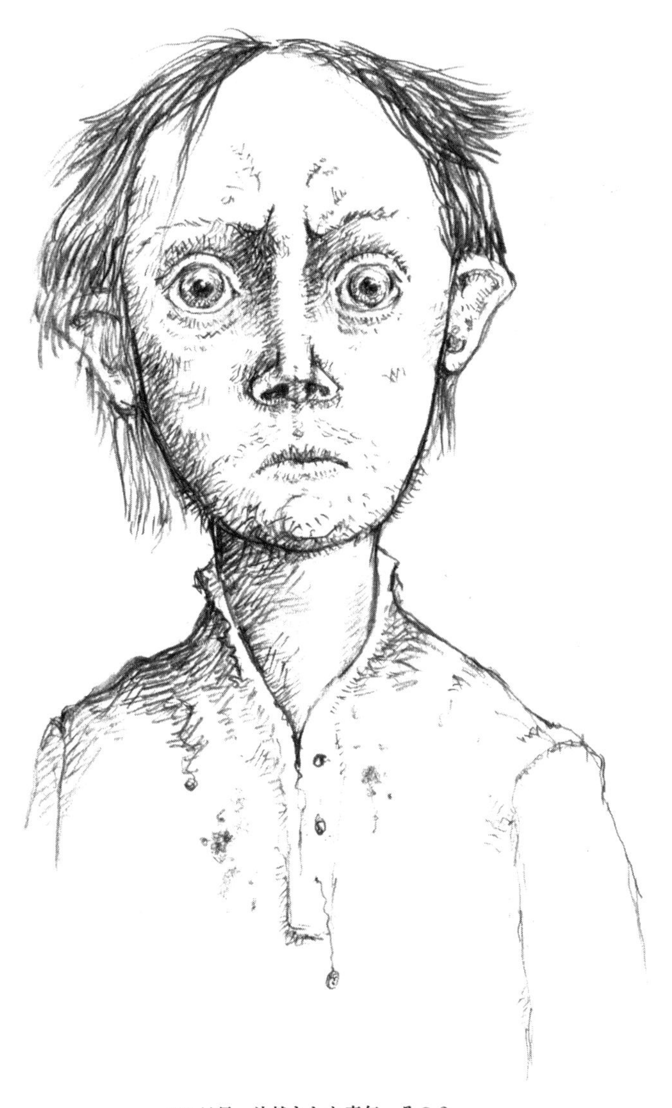

100日目　決然とした青年　その2

子どものとき私はいつも画（え）を描いていた。大勢の子どもたちがそうだったと思うが、画を描くのはとても大事な気晴らしであり、私にとっては私にしか理解できない言語だった。毎日何時間も描いていた。たいていは鉛筆を手にして。描くことが言葉の代わりだった。自分の思いを伝えるもうひとつの手段だった。ゆっくり考えたりひとりになったりできる場だった。とりとめもなく考えることのできる場所だった。英雄を描くことも、怪物を描くこともできた。紙といると本当に幸せだった。そして私の描く画はたいてい誇張されたり、戯画化されたり、グロテスクだったりした。そうしたものがひたすら現れてきた。

父が亡くなってから何年も経っているのに、いまでも私の描くものの多くは、父にとてもよく似ている。父はこれまで私が会った人のなかでいちばん印象的な顔つきをしていた。人間のあらゆる感情の揺れ幅を、二重顎のところにあっという間にみごとに表わすことができた。

私たちはみな、自分たちのまわりにいる人々の姿形に影響を受けている。私の肉親や、肉親に近い人たちは体型も大きさもまちまちで、漫画を描く練習をしていた幼い私には不思議でならなかった。当時の私は『アステリックス』〔フランスの漫画〕の登場人物たちを山ほど真似して描いた。ちびで痩せた男やのっぽの太った男のふざけたしぐさが面白くて仕方がなかった。

102日目　穿山甲（せんざんこう）

103日目　天鵞絨吊虻（ビロードつりあぶ）

104日目　映画監督カール・ライナー。
安らかに眠りたまえ。

105日目　喉茶三指樹懶（のどちゃみつゆびなまけもの）

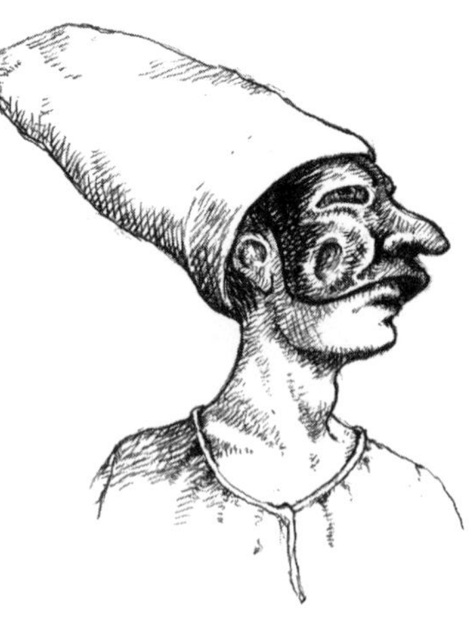

106日目　プルチネッラ

107日目　フランツ・カフカ

108日目　『ハミルトン』で
ジョージ3世を演じた
ジョナサン・グロフ。独立記念日に。

109日目　針鼠（はりねずみ）

110日目　フリーダ・カーロ

111日目　ゴールドブラット公爵夫人

112日目　ウォンバット

113日目　マーヴィン・ピーク

114日目　鶏（にわとり）

115日目　ブルーノ・シュルツ

116日目　鰐（わに）

117日目　アンソニー・S・
ファウチ医師

118日目　バスティーユ牢獄。バスティーユの日に。

119日目　エメリン・パンクハースト
〔女性参政権活動家〕

同日　レンブラント

120日目　角目鳥（つのめどり）

121日目　ドリー・パートン

122日目　ジョン・ルイス。
安らかに眠りたまえ。

123日目　ペリカン

124日目　日本の
能で使われる般若の面

125日目　蟷螂（かまきり）

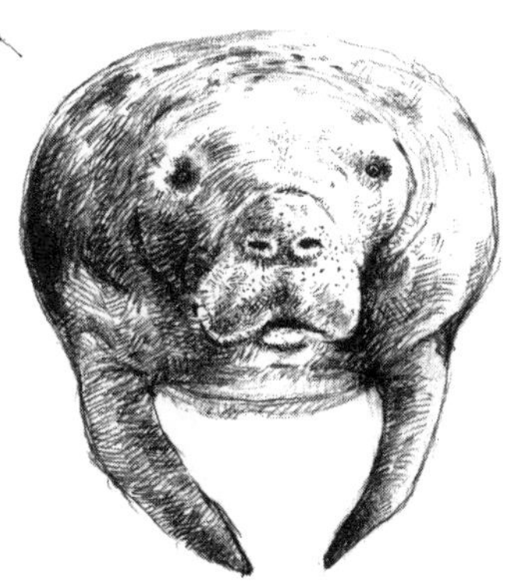

126日目　近づいてくる
マナティー

127日目　アレクサンドリア・オカシオ＝コルテス

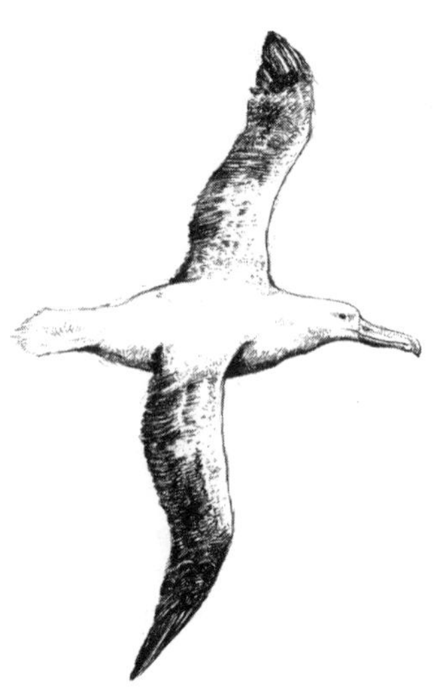

128日目　信天翁（あほうどり）

129日目　エメット・ティル

130日目　オリヴィア・デ・ハヴィランド。安らかに眠りたまえ。

以前の生活がどんなものだったか忘れつつある。家族4人でよく旅行していた。私たちはとても運がよかったのだ。私たちはふたりの子どもを、いろいろな国へ連れていっていたが、いまではそれも叶わない。同じ場所にいて、現在しかない。息子が今朝こう言った。「もうきれいな景色を当たり前のように見ることはできないんだね」と。息子が懐かしく思っているのはスコットランドの風景と、干潮時のテムズ川だ。世界は閉ざされていて、私たちはまだその世界にいる。いまいる世界はなんて狭いのだろう。毎日同じ場所にいる。この部屋に、近いようでいて遠い世界のニュースが届く。わが家のいろいろな機器から漏れてくるのだ。その機器がなかったら外の世界でどんなことが起きているのかまったくわからない。驚くことに。ジュゼッペは2年間、外でなにが起きているのかわからなかった。ところがもちろん私たちはすぐに世界につながって、しかも、その中毒になっている。いま何が起きているのか。次は？　その次は？　世界にとって、そしてアメリカにとってなんというひどい一年だったのだろう。私はアメリカでこの一年を見ていた。人々がおそろしいほどの勢いで死亡した。50万人という数字は、自分で書いていても、にわかには理解できない。国中でむごいことが起きている。警察は残忍だ。アメリカはおぞましくも醜い自画像を目の当たりにしている。ホワイトハウスにはオレンジ色の鬼がいる。火事。怒り。流血。疫病。

131日目　ドクター・
ストレンジラヴを演じた
ピーター・セラーズ

132日目　イーユン・リー

133日目　スペイモリ

134日目　エミリー・ブロンテ

同日　ケイト・ブッシュ

135日目　羊

136日目　ハーマン・
メルヴィル

137日目　沼地兎（ぬまちうさぎ）

138日目　白雁（はくがん）

139日目　ジョン・ルイスの
葬儀でのバラク・オバマ

141日目　レティシア・
ジェイムズ。ニューヨーク州
司法長官。全米ライフル協会の
解散を求めて
訴訟を起こした日に。

140日目　雄の雉（きじ）

142日目　鷲木菟（わしみみずく）

143日目　シャーリイ・ジャクスン

144日目　トーベ・ヤンソン

145日目　グロリア・
スワンソン。『サンセット
大通り』のノーマ・
デズモンドを演じた。

146日目　カマラ・ハリス。
副大統領に指名された日に。

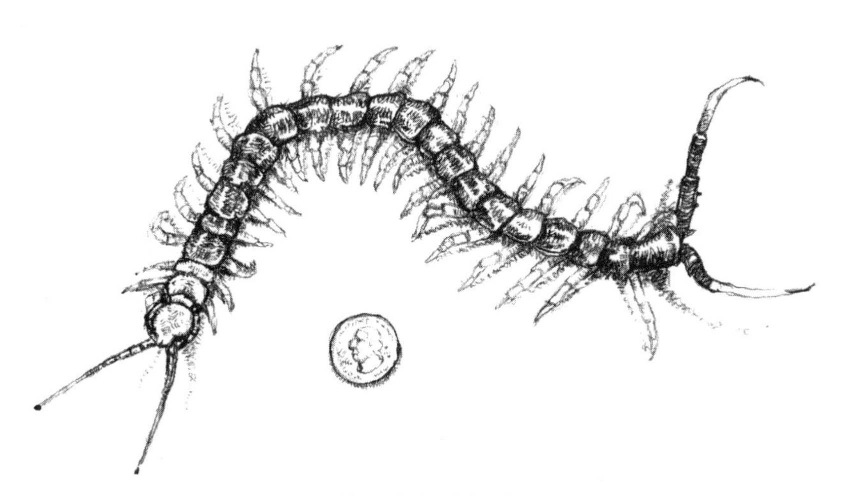

147日目　テキサスオオムカデ

148日目　ノッケンまたはネック

149日目　スティーヴ・マーティン

150日目　決然とした青年　その3

死が溢れている。私たちはひどい目に遭っている。しかし私たち家族4人にとって人の死は見えないところで、あるいは画面の中で起きている。ほかの人の姿を見ない。距離を保たなくちゃだめだ。無料のぞっとするフェイスマスクが注文した品物のなかに入っていた。そこに文字が書いてある。「私に触るな」と。なんと気の滅入る言葉だろう。

人の顔を忘れつつある。人に会いたくて仕方がない。毎日窓の外を見ればそこには相変わらず人がいる。通りを行き来している人たちが見える。だが、その人たちの顔は見えない。目から上の部分だけが見える。新種の人間みたいだ。鼻がなくて口がなくて顎がない。あの人たちは誰なのだろう。近寄ってはいけない。だれもが人と距離を置いている。個性をことごとく奪い去られた人たちを見ると、『ピーナッツ』〔チャールズ・M・シュルツの漫画〕のテレビ・アニメで、姿の見えない大人たちが話す意味のわからない音を思い出す。あるいは、子どもの頃によく見ていた『ウォンブルズ』というテレビのマペットショーで、人間が靴やズボンの裾――それしか映らない――という形でちらりと見えていたことを思い出す。その番組では毛むくじゃらの生き物たちがウィンブルドン公園に暮らしていて、決して人間に出会わないようにしている。子どもにはそこにいる人間が、人間の体の一部が、怖かった。

大勢の見知らぬ人々が毎日窓の向こうを通っていく。

顔を描くことは記憶する行為でもある。ほかの人たちの顔、大勢の人たちの顔。いっしょに暮らしている３人以外の人たちの顔。そうした顔の大半は過去の人だ。全部が全部というわけではないが、ほとんどが過去に生きていた人の顔だ。私たちの多くがたいていすぐに誰なのかわかる。画(え)の出来がよければ、だが。私たちが共通に認識している顔。そういった顔、同じ歴史を経てきた顔には、なんらかの意味がある。私たちに何かを訴えている顔もある。有名な人の静止した顔から人生を理解し、記憶してほしい。

151日目　赤栗鼠(あかりす)

152日目　斑(まだら)の馬

153日目　ミシェル・オバマ

154日目　ミーアキャット

155日目　デヴィッド・ボウイ

156日目　アレグザンダー・チー

157日目　ウェールズの犬

158日目　狐（きつね）

159日目　ホルヘ・
ルイス・ボルヘス

160日目　跳ねる鯱（しゃち）

私はテキサス州で暮らしている。2020 年 3 月 14 日にロンドンから逃れて以降ずっとテキサスにいる。テキサスで暮らそうとは思っていなかった。人生の目標には入っていなかった。子どもの頃にカウボーイに興味を持ったことも一切なかったくらいだ。テキサスで暮らす前はこの場所を見たいという特別な思いもなかった。しかしテキサスには実にテキサス的なものがおそろしくたくさんある。テキサスの中心に住んでいるので、海ははるか遠くにあって、イングランドもはるかかなたにある。私の母はいま 80 代だが、ここから 8000 キロ離れたところで暮

161 日目　テキサス・ロングホーン

らしている。たった7キロしか離れていないところに私たちの親しい友が住んでいるが、長いロックダウンのあいだにその友人に会えたのは一度きりだった。オースティンという町に私たち一家は暮らしている。オースティンは素晴らしい町だが今は閉鎖されている。最近では町の様子もよくわからない。ときどきちょっと車で出かけるが、なんとも不思議な感じがし、近所から離れるのはいけないことのような気になる。だから私たちのいる世界はレッドリバー、ディヴァル、エヴァンズ、47番通りに限られている。あるいは居間、テレビ室、寝室、バスルーム、子ども部屋に限られている。

子ども時代の大半を病床で過ごしたロバート・ルイス・スティーヴンソン（18、240）のことや、彼の詩「カウンターペイン〔掛け布団〕の国」のことを考えている。大きな山々や渓谷を、寝具からでも造れるのだ。実に簡単だ。自分の身体を縮めていき、掛け布団やキルトをスコットランドの高地にすればいい。伝染病が大流行しているあいだ、私は3つの惑星を描き（35、278）、昆虫も4匹描いた。蟷螂(かまきり)と天鵞絨(ビロード)吊虻(つりあぶ)（リクエストされたので）、テキサスオオムカデ（初めてこれを見たときはその大きさにおそれをなした）と家蠅(いえばえ)だ（これはマイク・ペンスの頭に着地したから）。そして一度など顕微鏡的視野も手に入れた（クマムシを描くために）。

162日目　アンジェラ・
カーター

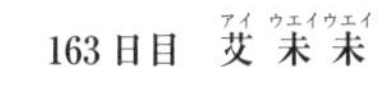

163日目　艾未未（アイ ウエイウエイ）

164日目　チャドウィック・
ボーズマン。安らかに眠りたまえ。

165日目　メアリ・
ウルストンクラフト・シェリー

166日目　ローマ帝国皇帝カリギュラ

167日目　優しい狼

168日目　ヨーゼフ・ロート

169日目　船首像

グザヴィエ・ド・メーストル（88）はフランスの軍人で、謹慎を命じられたことがあり、1795年に『部屋をめぐる旅』という有名な作品を書いた。そのなかで彼は、ミニチュア版ヴァスコ・ダ・ガマさながら、自分の部屋をめぐり、驚異に満ちた広大な風景として表現していく。ロシアの芸術家イリヤ・カバコフは『プロジェクト宮殿』という記念碑的インスタレーションで、共産主義者のアパートメントを変貌させるやり方を発見した。『飛行する部屋』でカバコフは、部屋の床の小さな穴を覗いてごらんと言い、詳細な指示を出している。覗いたあとは、まるで部屋が浮かび上がり、どこかへ向かっていっているような気がするはずだ、と。

新型コロナ感染症が始まった頃、99歳の退役軍人トム・ムーアは、100歳になるまでにベッドフォードシャーの自宅の庭を100回往復して寄付金を集めることを自分に課した。同じ庭の中ではあったが相当に長い距離を歩き、国民保健サービスに3300万ポンドを寄付した。彼がコロナ感染症にかかって2021年2月2日に死亡したことが発表された直後に、私は彼を描いた（321）。ここオースティンのわが家にも、たいていのアメリカの家と同じように裏庭があって、私たちは手入れをしたり石を敷いたりした。娘は新しい石の小径を行き来するのが気に入っている。そうすることに喜びを見出し、何時間も行ったり来たりしている。

世話の行き届いていない動物園などで、檻のなかを行ったり来たりしている動物を見ると、カフカ（107）の『断食芸人』で断食芸人のいた檻に入れられた豹のことを思い出す。この豹もさかんに行ったり来たりしていた。初めのうちは、そういった動きをする動物のことを考えると心穏やかではいられなかったが、小径を何度も行き来している娘は心から幸せそうに見えたり、物思いに耽っているように見えたりする。これが彼女の秘密の時間なのだ。彼女は、毎日旅をするためにこの庭を使っていて、庭の小径で彼女の世界をさまよっているのだ。

宮﨑駿（293）が映画化したダイアナ・ウィン・ジョーンズの『ハウルの動く城』ではないが、玄関の扉を開け放ったら、わが家が動きまわっていて、どこか別の場所にいたりするのではないかと期待するのだが、嘆き悲しむふりをしてこう叫ぶしかない。ああ、やっぱりテキサスなのか、と。

170日目　ドラゴン

171日目　フレディ・
マーキュリー

172日目　ヴィクトル・ユゴー

173日目　エリザベス1世

174日目　藪野兎（やぶのうさぎ）

175日目　レフ・トルストイ

176日目　ダイアナ・リグ。
安らかに眠りたまえ。

177日目　ハイランド牛

178日目　ドクター・フー役を演じた
トム・ベイカー

179日目　ロアルド・ダール

180日目　エイミー・
ワインハウス

181日目　アガサ・クリスティ

183日目　獺（かわうそ）

182 日目　わが妻エリザベス。誕生日の日に。

184日目　サミュエル・ジョンソン

同日　ルース・ベイダー・
ギンズバーグ。安らかに眠りたまえ。

185日目　ウィリアム・
ゴールディング

186日目　海象（せいうち）

何の変哲もない日用品のなかに魔力がある。ナルニア国への入口（256）はワードローブのなかにあった。『千一夜物語』は商人たち、バザールからやってきた男たちに語られたもので、この素晴らしい冒険譚には、商人たちが売っていた品物が重要な人物に変身する話がいくつもある。日常使いのものに不思議な力が備わっていた。普通の壺のなかに魔神が隠れているかと思えば、変わった靴が人格を持ったりもする。絨毯（じゅうたん）にも魔力はあるかもしれない。足元にある長方形の絨毯に乗れば旅ができると考えるだけで、絨毯が途轍（とてつ）もない場所へ連れていってくれたりする。絨毯の上に寝転がって話を聞いている子どもたちはそうやって旅をしている。古代のダマスカスやバグダッドやサマルカンドの市場から来た男たちが売っている絨毯は、礼拝用の敷物でもあり、その敷物に跪（ひざまず）くとさらに遠くへ旅することができて、神に近づく道を見つけられるかもしれない。

ハンス・クリスチャン・アンデルセン（この人の画（え）は380だと思うが、これを書いている時点でこの先どれほど画を描く日が続くのかわかっていない）は労働者階級の家に生まれた。父親は靴職人、母親は洗濯女で、3人がひとつの部屋で暮らしていた。家にはなにもなかったので、彼の遊び相手は日用品だった。彼は物たちに命を与え、個性を与え、生活をさせた。彼の両親の婚礼用ベッドは、墓穴に下ろされる前まで貴族の柩（ひつぎ）を囲っていた厚板から作られていた。彼にとってはあらゆるものに魔力や深い意味があった。極寒の冬のある日に窓についた霜が教えてくれたのは、彼の父親が間もなく死ぬことと、雪の女王に通じる道だった。

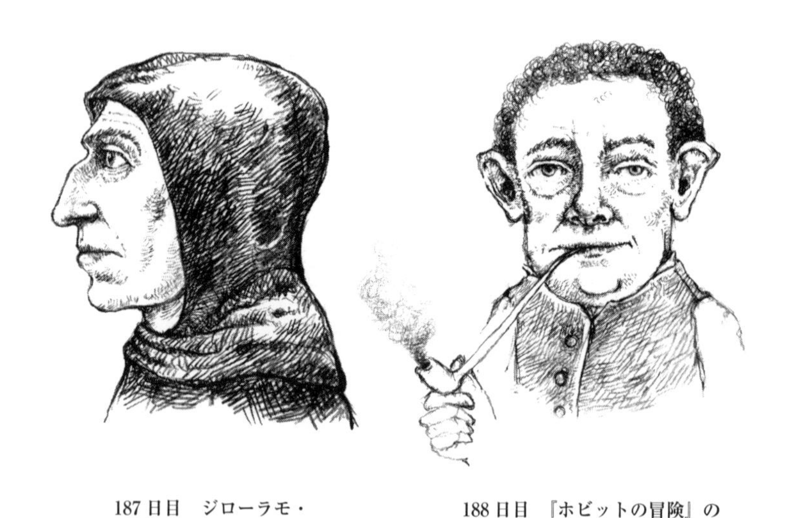

187日目　ジローラモ・サヴォナローラ

188日目　『ホビットの冒険』のビルボ・バギンズ

189日目　ブリオナ・テイラー

190日目　ジム・ヘンソン

191日目　ドミトリー・
ショスタコーヴィチ

192日目　鼠（ねずみ）。
1665年にイングランドで
大疫病が終焉した日に。

193日目　鵜（う）

194日目　トマス・クラッパー

195日目　ミゲル・
デ・セルバンテス

196日目　難破した日の
ロビンソン・クルーソー

197日目　近づいてくる獏

198日目　ジャマル・カショギ
の殺害事件に
哀悼の意を表して

199日目　エドガー・
アラン・ポー

12 月 13 日のことだ。この日、こんなことがなければわざわざ記録することもなかっただろう。その日の夕方、私は食堂に入っていき、テーブルの上に置いてあるティータオルの身に起きていることを見て驚いた。なんとも不思議なことに、タオルの表面の皺が人の顔にそっくりだった。わが家の 5 人目の顔だ。形が崩れてしまう前に急いで描いた（270）。

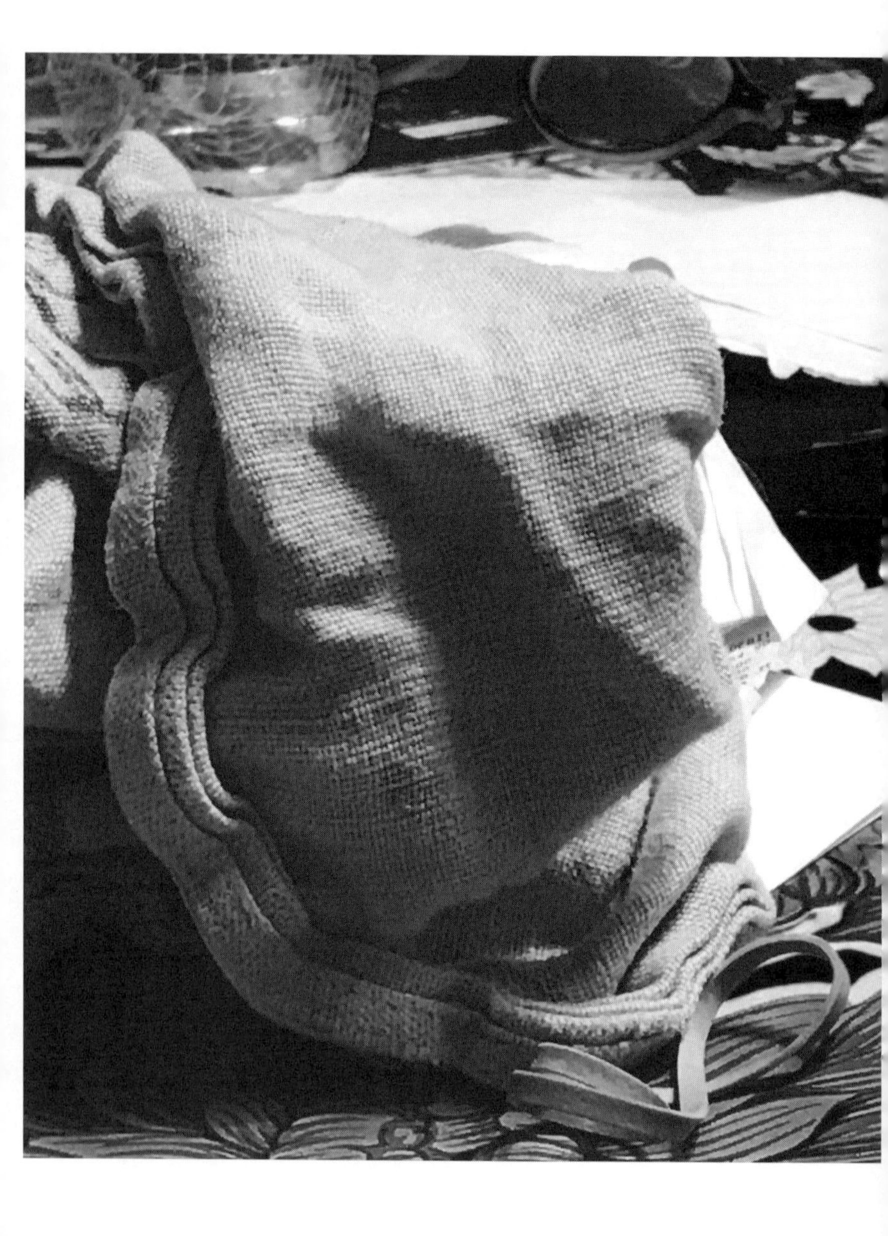

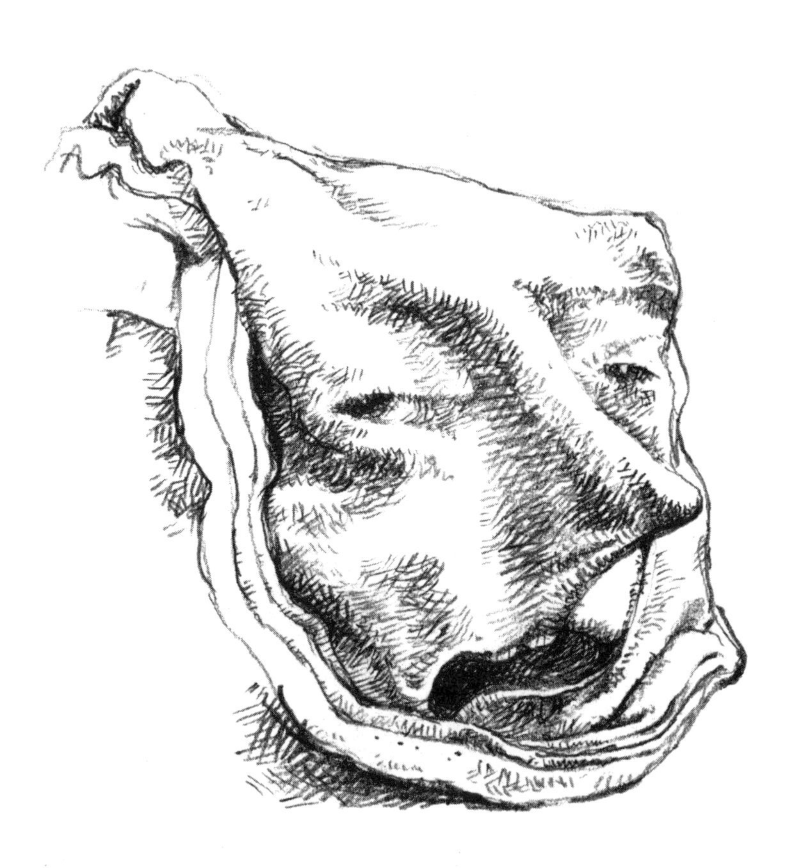

200日目　決然とした青年　その4

オースティンのこの家のなかを巡っている。ここには物がたくさんあり、そうした物に慰めや、別の時代の香り、外界の名残を見出そうとしている。ロンドンにいたときには家族でよくテムズ川を浚（さら）っていた。王室の不動産を管理するクラウン・エステートを代表してロンドン港湾局から許可を得ていたので、私たちは干潮時のテムズ川の水際まで行き、泥のなかから歴史を掘り出していたのだ。ほかの時代の人々が生きていた証がたくさんあった。動物の骨はいたるところにある。まるで大惨事が起きたかのようだ。テムズ川はロンドンの壮大なゴミ溜めで、あらゆるものが投げ込まれていた。骨に交じってほかのものもたくさんある。大量の歴史だ。何層にも及ぶ歴史。ローマ時代のモザイク片やチューダー朝時代の靴の片方、ヴィクトリア朝時代の陶器の欠片（かけら）、何百年も前の陶製パイプ。私の息子は一度、エリザベス1世（173）のチューダー朝時代の硬貨を発見した。シェイクスピア（36）が活躍していた頃だ。パンデミックが始まってから、息子はロンドンの泥から掘り出したものを何時間もかけて調べながら、再びテムズ川に戻れる日が来ることを心待ちにしている。

最初に川浚いをしたときは、考古学者に指導を受けるグループといっしょだった。泥に埋もれた品物をいろいろ説明していた考古学者が、何気なく素焼きの四角い煉瓦（れんが）を拾い上げた。煉瓦の片側がひどく焦げていた。考古学者が言った。この煉瓦は、

1666年の「ロンドン大火」のときのものかもしれませんね、と。この大火のとき、延焼を防ぐために多くの建物を壊してテムズ川に投げ込んだのだという。その煉瓦をテキサスの家に持ち帰って大切にしている。もしかしたら、この煉瓦はテムズ川に偶然落ちただけかもしれないし、デフォー（8）やピープス（5）がロンドンの疫病や火災を見守っていた1666年に投げ込まれたものかもしれない。あるいはただの古い壊れた煉瓦なのかもしれない。いずれにしても、この家のとても重要な物（オブジェクト）だ。

201日目　エドワード・P・ジョーンズ

202日目　穴熊（あなぐま）

203日目　大黒椋鳥擬（おおくろむくどりもどき）

204 日目　マイク・ペンスの頭にいた家蠅（いえばえ）

同日　ノーベル文学賞受賞の日のルイーズ・グリュック

205日目　ギレルモ・デル・トロ

206日目　ハロルド・ピンター

207日目　エレノア・ルーズベルト

208日目　雪小鷺（ゆきこさぎ）

209日目　ウェンディ・デイヴィス

私はこの家が大好きだが、よその家も大好きだ。そしてこのバンガロー風のわが家は今年はひどく狭く感じられる。地図制作者のルイ・ブルテは、1734 年にパリ市長テュルゴーからパリの詳細な地図を作り、あらゆる建物を描くという仕事を任された。この任務を遂行するために——私が読んだ本によれば——パリの新しい景観を見たいと思ったときにどんな家にでも入れる許可を市当局から与えられた。その壮大な地図、テュルゴーの地図を見るにつけ、ブルテはうまい口実を作って、あらゆる建物のなかに入ったに違いない、と思う。

私はオースティンが大好きだが、大好きなのはオースティンだけではない。そう、オースティンだけを愛しているわけではない。私が心から愛しているのはロンドンだ。極めて陰気な場所にもなる都市なのだが。前項で触れた生き物の骨からうかがえるようにいかにも粗暴な街ではあるが、誇れるものもある。私の聡明な妻は 2 年前にロンドンで夏を過ごそうと言った。ロンドンで、夏を？　と私は訝しんだ。田舎ではなくてロンドンで？　ところがその夏は完璧ともいえる素晴らしい日々を過ごし、たくさんのものを見学することができたので、このパンデミックのときもキャラバンの駱駝よろしく夏のロンドンを再訪していた。家を借りたのはクラーケンウェルのスミスフィールドの食肉市場のそばだった。角を曲がったところにあるパブというのが、レーニンがスターリンと会っていた場所だった。食肉市場のすぐ横にウィリアム・ウォレス〔13世紀のスコットランドの騎士、抵抗運動の指導者〕が処刑された場所がある。最後のロンドン最大の市場であるこの食肉市場はいまも変わらず運営されているが、スミスフィールド自体はそう長く保たないだろう。朝になると血の臭いがする。その夏はどこへ行っても悲惨なウィリアム・ホガース（237）の世界だった。ホガースが愛犬のパグにトランプという名前を付けたことは忘れるほうがいいくらいだが、当時「トランプ」というのは非の打ちどころなく喜ばしい言葉だった。ホガースは1697年のスミスフィールドに生を享けた。彼は血だまりから生まれたようにも見えた。市場のそばの通りや騒音やロンドンの塵芥に非常に詳しかった。

210日目　ハンナ・アーレント

211日目　イタロ・カルヴィーノ

212日目　オスカー・ワイルド

213日目　『フリート街の悪魔の理髪師』スウィーニー・トッド。9ヶ月ぶりに髪を切った日に。

214日目　疣猪(いぼいのしし)

子どもの頃、ウィリアム・ホガースの版画「ジン横丁」の絵柄が脳裏から離れなかった。初めて見たのは、学校の教科書のなかだった。ジョージ3世の肖像と、ホルカムのコーク卿による輪作という画期的な農法の絵のあいだに隠れていた。ホガースの版画はフランス革命を表現したどんな作品よりも恐ろしいものだった。あらゆる悲惨な情景が白黒で描かれていた。恐怖、死、殺人、残虐行為、そして地獄に変わったロンドンの姿が。ロンドンはジンという疫病に冒されていた。

この小さな絵（教科書にあった複製画は実際の大きさの4分の1くらいだった）に、否応なく魅せられると同時に、その不幸なありさまに肝を潰した。描かれた大人の世界はぞっとするものだった。崩れていく家々、垂木から吊り下がる自殺者、わが子が見つめるなか死んで柩に投げ入れられている裸の女性、ボトルからじかにジンをがぶ飲みさせられている赤ん坊。この白黒の小さな絵のなかにいる人々はひとり残らずジンを飲んで死につつある。母親たちは幼児にジンを飲ませ、人々はジンで失明し、ジンを盗んだり何かと交換したり、手に入れたくて泣き叫んだりしている。キルマン〔人殺し〕という残虐な名前のジン醸造所の下では暴動が起きている。しかし、後景に描かれているこれらのことは、まだたいしたことではない。本当の恐怖が描かれているのは前景だ。前景では、犬と人間が同じ骨を貪っている。でもそれはまだたいしたことではない。前景では、人というより骸骨と言ったほうがふさわしい者がいまにも息を引き取ろうとしているが、それもまだたいしたことではない。前景に堂々と描かれているのは怪物のような母親で、大きな胸が剝き出しになり、酔っ払って頭がおかしくなっている。服はぼろぼろに裂け、脚はひどい疥癬(かいせん)にかかっている。この母親像は悪夢そのものだ。見る者は自分の母親に思いを馳せるが、そこに現れてくるのは疥癬だらけの鬼のような女だ。そして最悪なのは、恐怖のなかでももっとも恐ろしいのは、この女が紛れもなく母親である証拠がそこにある点だ。子どもだ。この女の息子、小さな（小さなピノッキオみたいな）男の子、私たちが本能的に愛し大切にすべき子どもが、母親の腕から落ちそうになっている、いまにも真っ逆さまに落ちようとしている、落ちて死にそうになっている。私たち小学生はこの小さな子どもをいかに必死に救おうとしたことか。幼い腕を差し伸べてなんとかその赤ん坊を抱き取って起き上がらせたかったが、恐ろしい母親の膝に返すことだけはしたくなかった。けれども赤ん坊は助けられることもなく、転げ落ちていき、永久に落ちていき、死に向かいながら、悲鳴をあげながら転げ落ちていくしかない。そして私たちがその子のためにできることはなにひとつなく、その子をその場に、痛ましい死を迎える瞬間がすぐにも訪れるその場に、無防備なまま置き去りにするしかない。いまにもその頭は、こちらからは見えないのだが、真下にある硬い石畳に叩きつけられて粉々になるのだ。

子どもの歴史の本にこんな絵があるなんて。私は何度も繰り返しこの絵に立ち戻り、この恐ろしい情景を目にして本をパタンと閉じることもたびたびだった。いつもそのページに目を走らせてしまい、今度ばかりは来るのが遅れたせいで、赤ん坊はすでに絵から消えて死んでいるかもしれない、と考えたりもしたが、たとえその赤ん坊がある日そこからいなくなったとしても、正常な気持ちにはもう戻れないのだった。

サー・ジョン・ソーン博物館で買った「ジン横丁」のスキャンデータは、テキサス大学構内にある私の研究室に置いてあるが、コロナ感染症のせいで大学に行くことができない。もっとも、テキサス州オースティンの居間の本棚にあるジェニー・アグロウの素晴らしいホガースの伝記で「ジン横丁」が完璧に再現されていて、それが私の脳裏から離れようとしない。今年、幾度もその絵を見てきたが、いまもあの子は落ち続けている。

215日目　フィリップ・プルマン

216日目　ドラキュラ役を演じた
ベラ・ルゴシ

217日目　アーシュラ・
K・ル＝グウィン

218日目　ハリー・
フーディーニ

どうか誤解しないでいただきたい。私はオースティンをこよなく愛している。オースティンは大きな市で、愛すべきものがたくさんある。その最たるものがバートン・スプリングズだ。市の真ん中にあるこの湖は、豊かな自然に囲まれていて、一年中泳ぐことができる。さらに、「パラマウント」という古い劇場や、「奇妙なオブジェクト」という店も大好きだ。「奇妙なオブジェクト」は広大なアンティークストアで、不思議なものがたくさん置いてある。そしてここで私はジュゼッペの本で使った大きな骨を見つけたのだが、作品のなかではジュゼッペが巨大魚の腹のなかで見つけたことになっている。外の景色が見られないので、彼はその骨に空の様子を描いて「窓」と名付けた。オースティンにはとても素晴らしい独立系の書店がたくさんあり、料理も音楽も最高だ。オースティンは音楽で有名だ。さらに、私がよく行くテキサス大学のハリー・ランサム・センターは宝物級のものが大量に収められている。メアリ・ウルストンクラフト・シェリー（165）の頭髪や、エドガー・アラン・ポー（199）の机、エドワード・ゴーリー（341）が学生時代に描いたいたずらがき、フリーダ・カーロ（110）とウィリアム・ブレイク（255）が描いた絵画もある。

私はオースティンをこよなく愛している。ただ、ほかのところにも行けたらどんなにいいだろうと思っている。

219日目　ウナ・オコナー

220日目　跳地鼠（はねじねずみ）

222日目　クマムシ

223日目　ディラン・トマス

221日目　ゼイディー・スミス

224日目　イーヴリン・ウォー

一週間に何回か走りに出かける。だからといって運動が得意なタイプ（155、218）だなんて思わないでほしい。体つきは168と224にかなり近い。夜明け前に走り始め、走っているうちに明るくなっていく。暗いうちから出発し、家に戻ってくるころには日が昇る。10年ほど前にアメリカと中国の作家の交流会で中国に行ったとき、ゴビ砂漠のオアシス、敦煌（とんこう）に滞在した。ある日、朝早く起きて駱駝（らくだ）の背に乗って太陽が昇るのを見た（こう書きながら、駱駝を描かなかったことに気づいた。描けばよかった）。（ロバート・ルイス・スティーヴンソンの掛け布団の風景を考えれば、もしかしたら針の目を駱駝が通るのはけっこう容易（たやす）いことかもしれない）。その1日か2日後に西安（シーアン）に行き、秦（しん）の始（し）皇帝とともに埋葬された兵馬俑（へいばよう）を見て（この長い隔離期間、自宅にあるさまざまな物といっしょに自分が埋葬されているような気がした）、土産物店で兵士の頭部の複製をひとつ購入した。いまわが家の花壇に置いてある。頭部だけが。まるでそこに植えられているかのように。それが育って一体の兵士になるのを待っているかのように。いやいや、脱線した。走りに行くつもりだった。体が物体になるのを防ぐためのちょっとした運動だ。

私はいつも同じルートを走る。同じ行為を繰り返すことに私は慰めを見出すのだ。それにほかに行くところもない。車で出かけていってもいいのだが、最近では、不要不急な外出などせずにできるだけ家にいるべきだと言われている。だから走るしかない。この近所への旅で、季節の移り変わりがわかる。退屈なことをしているように聞こえるかもしれないが、季節の移り変わりを観察するのはとても愉(たの)しいことなのだ。それでうちの家族は優れた観察眼を持つようになった。これまで見たことがないようなやり方で時間の推移を見ている。枯れ葉が落ちていくのを眺めるだけではない。さまざまな鳥たちに会える。早く起きればテキサスの熱暑が避けられるし、珍しい霜を見ることもできる。しかし大事なのは、体が緩やかに変化していることを感じ取れる点だ。自然の一部になっているような感覚。本当に一部なのだという感覚。まるで、なんというか、葉が１枚１枚落ちていく様子を、木の１本１本が育っていく様子を、冬にはどの植物も縮こまり、春になると伸びやかになる様子を目の当たりにしているかのようだ。

　ゴルフコースの周囲をゆっくり走っていると、見事な緑色の鸚哥(いんこ)たちに出会う。そのたびに、違う国に来たような気持ちになる。あんな色を身につけているとは、なんと驚くべきことだろう（人から聞いたのだが、ただそれが本当かどうかわからないのだが、ここいら辺にいる鸚哥はもともとは人が飼っていたもので、それが逃げ出して繁殖し、自由を味わって以来、何世代も栄えているとのこと）。私は人と出会うことを極力避けている。接近禁止だ。人の姿を見たら遠回りをする。危険な相手かもしれない（これはなんという終わりのない恐怖の鬼ごっこなのだろう）。

　走りながらここではない場所へ行くのだと自分に言い聞かせる。とりたてて面白みのないコースにさしかかると、私はミラノ郊外にいるのだと想像する。あるいはルーマニアのクラヨバの繁華街、フランスのサン＝ナゼールにいるのだと思う。いま前を通り過ぎた新しいホテルは、提督の邸宅の広い土地に建てられているのだが、その壁や庭のスロープを見るたびに、かつて私が送られたバークシャーの海軍学校を思い出す。それからゴルフコースに入ると、ときどきハイド・パークを走っている気分になる（テキサス州オースティンにあるのもハイド・パークというが、私が言っているのはロンドンにあるほうだ）。私の走る時間帯にゴルファーはひとりもいない。もしも日中の遅い時間に走っていればゴルファーを目にするだろうが、私は彼らが好きではないし、彼らも私のことを好きではないと思う。

私がアラン・ガーナー（91）と呼ぶようになった雑木林がある。そこにさしかかるとチェシャーのオールダリー・エッジにいるような気がするからだ。ガーナーの小説『ブリジンガメンの魔法の宝石』は 10 歳の時に初めて読んだ作品で、これを読んで私は作家になりたいと思った。新型コロナ感染症が蔓延する直前に、友人とオールダリー・エッジを訪れる計画を立てていた。この作品を読んで以来、行きたいと思っていたのだが一度も行くことがなかった。ガーナーの作品が魅力的なためにすでにその場所を知っているような気がしているのだが、舞台となった地をどうしても訪れたいのだ。アラン・ガーナーを通り過ぎ、イギリス的な姿をしているのでトマス・ハーディ（299）と名付けることにしたオークの木のそばを通り、小説『狂乱の群れを離れて』に登場するガブリエル・オークのことに思いを移す。トマス・ハーディを過ぎると、木造の教会の白く輝く尖塔が見えてきて、否応なくニューイングランドの教会と『白鯨』（136）の冒頭に登場する教会のことを考える。白鯨から森の小径へ入ると、なるべく気にしないようにしているのだが、すぐそばの道路では車が走っている。私は、ここは洞窟なのだと自分に言い聞かせ、ジェフリー・ハウスホールドの『追われる男』やスタンリー・ドンウッドの絵のことを考える。森を抜け、砂採取場を過ぎ、坂を下ってしばらくすると、風景が広々とした殺風景なものになり、ブロンテ姉妹（13、134、305）の作品に登場するヨークシャーの荒れ地（ムーア）にいるかのようだ。それからグリーンウッドの木（299）と名付けた木の下を通る。まったくもってトマス・ハーディ的だ〔ハーディの作品に『グリーンウッドの木の下で』がある〕。ディケンズ（7、33、65、281、282）は愛してやまない作家だが、このランニング・コースにはディケンズ的なもの、あるいはロンドン的なものはなにひとつない。さらに、通りを１本か２本走ると、ゆっくりと空が明るんできて、ジョン・アトキンソン・グリムショーの絵の雰囲気に似てくる。もしも人がそこにいれば、遠くに人が立っていれば、その人にはきっと孤独か恐怖がかすかに纏（まと）わりついていることだろう。小川のそばの美しい邸宅の前を通り過ぎる。その家のことで前に妻が、私が子ども時代を過ごしたノーフォークの家に似ていないか、と言った。その家はとりたてて似ているわけではないが、走りながらそんな会話を思い出すのは嬉しい。角を曲がるともうすぐ家だ。車の通りが多い45番通りを渡り、ハリー・ポッターの汽車の駅を思わせる45番½通りを過ぎ、水はけが悪いときがよくあるので「プー横丁の家」（319）と呼んでいる最後の角を曲がると、私たちの家にたどり着く。ここを訪れたひとりの友人が、『ヘンゼルとグレーテル』（343）の魔女の家みたいだね、と評した家だ。

靄（もや）のかかった朝、ゴルフコースにおかしな白い人影があった。その正体がまったくわからなかった。初期の『ドクター・フー』に出て来る少し素人くさい怪物の姿に似ていた（私の娘はパンデミックのあいだ、このドクターのさまざまな姿にすっかり夢中になっていた。何十年も経ってからそのドラマを見ていると、テレビの前にパジャマ姿で座っていた自分の姿が思い出され、ほんの一瞬、イングランドの子ども時代に戻ったような錯覚を覚えた）。あの白い人影はなんだろう。引き返して、家に戻ったほうがいいのか（このパンデミックが始まったときのように）。いや、待てよ、おまえさんはもう50歳だ、年相応のことをせよ。それで私は走り続け、その奇妙な白い人影のほうへ近づいていき、薄暗闇のなかで目を凝らしたが、それでもその正体はわからなかった。落ち着かなくなってきた。とうとうすぐそばまで行ってようやく、それがなにかわかった。形が崩れて泥にまみれた雪だるまの残骸が、雪がやんで2日も経っているのにまだそこで生にしがみついていたのだ。テキサス州オースティンで暮らし始めてから11年になるが、これほど大量の雪が降るのを見たのは初めてだった（298）。その翌日、雪だるまは消え、雪だるまの命もなくなっていた（数週間後に前例のない寒波がテキサスを襲い、州の機能が停止し、電気と水道がない状態に数百万人が放り出された。低体温症や一酸化炭素中毒で人々が亡くなった。テキサス州政府は恥ずべきことになにもせず、ほかの人々（127）がテキサスへの支援金を募った。私たちは運良く家のなかにいたが、大勢の人がこの寒波の被害に遭った。このときのことを忘れないために340の絵を描いた）。

また別の日、また走りに行く。道の先に燃えた車が見えた。オースティンでデモがあり、警官が人々を銃で撃った。暴動が起きたのだ。この車の焦げ臭さはそこに行く前から漂ってきていた。めちゃくちゃな姿になった車は、息子の小学校時代からの友人の、おばあさん宅の前に置いてあった。私とそのおばあさん夫妻とは、会えば必ず手を振って挨拶をする仲だ。ところがその朝、彼女の姿は見えなかったが、家は無事で、家のなかには明かりが灯っていた。黒焦げになった車は明らかにそこに捨てられたばかりだった。それからしばらくして彼女に会ったとき、燃えた車はなくなっていたが、アスファルトに黒々とした痕が残っていた。ご夫婦はまだそこに住んでいる。私たちは会うたびにいつものように手を振って挨拶をする。それからまた私はゆっくりと走りだす。

225日目　天狗猿（てんぐざる）

226日目　フランケン
シュタインの怪物

227日目　『王になろうとした男』の
ショーン・コネリー。
安らかに眠りたまえ。

同日　ウェールズ民話の
ハロウィーンの悪霊ホフ・ディ・グタ

228日目　黒死病

229日目　燕。アメリカ大統領
選挙前日の希望の象徴。

230日目　投票日の
ジョー・バイデン

231日目　結果待ちの
ジョー・バイデン

232日目　巨大魚の腹のなかの
ジュゼッペ

同日　ガイ・フォークス・ナイト
のガイ・フォークス

233日目　ステイシー・
エイブラムス

234日目　ジョー・バイデンと
カマラ・ハリス

235日目　ブラム・ストーカーと
串刺し公ヴラド

236日目　皇帝ヴィルヘルム2世

237日目　ウィリアム・ホガースと愛犬トランプ

238日目　赤い雛罌粟（ひなげし）。英霊記念日の日曜日に。

239日目　象海豹（ぞうあざらし）

240日目　ジキル博士とハイド氏

241日目　アストリッド・
リンドグレーン

242日目　アナイリン・ベヴァン

243日目　ジョゼ・サラマーゴ

244日目　嘴広鸛（はしびろこう）

245日目　マーガレット・アトウッド

246日目　テレビ討論会で髪から黒い汗を滴らせた
ルディ・ジュリアーニ

2度ほど、毎日描く鉛筆画をやめそうになったことがある。1度は、サラ・クーパー（99、彼女を描かなければと思ったのは、第45代大統領の恐るべき演説の真似をしたことが実に痛快だったからだ）を描いた直後のことだ。100日目になり、もう一度決然とした青年をいささかだらしなく見えるように描いたとき、ああ、もうこれで充分だ、と思った。100枚はかなりの枚数だ。もういいかげん、鉛筆を置いたほうがいい。もうこれ以上続けられない、うんざりだ。1日1枚描いてどうしようっていうんだ。もう嫌だ！　耐えられない！　気が狂いそうだ。しかし、私は自分に言い聞かせた。人に命じられてやっているわけじゃない。徹頭徹尾、自らが招いたことだ。身から出た錆だ。ここでやめてもだれも責めやしない。どうしてこんなに大騒ぎする？　やめたければやめればいいじゃないか。しかし、私は心のなかで言った。私はやめたくはないのだ。だったら、やめるな。弱音を吐くのはやめろ。やり続けるように励ましてくれる人たちが大勢いる。毎日の鉛筆画を喜んでくれる人たちもいて、そのことを私自身、とてもありがたく思っているし、そのおかげで明るい気持ちでいられる。明るいというのはいいものだ。わが家の友人であるポール・リジキー〔277の雀は彼の膝の上に乗った〕は、やめたいという私の気持ちを聞き入れようとしなかった。だめだよ、描き続けなければ、とにかく描くんだ、描き続けろ、と彼は言った。1日1枚。毎日1枚。

247日目　ジャン・モリス。安らかに眠りたまえ。

248 日目　ヴォルテール

249 日目　ヌー

250日目　決然とした青年　その5

251日目　わが娘マチルダ。12歳の誕生日に。

252日目　『吸血鬼ノスフェラトゥ』の
マックス・シュレック

253日目　感謝祭の七面鳥

254日目　エイダ・ラヴレス

255日目　ウィリアム・ブレイク

それで私は描き続けた。

2度目はちょっと違った。

BLM（ブラック・ライヴズ・マター）のデモがおこなわれているときに、路上で野蛮な行為をしている警官を見て、なにもかもが破滅的に思えた。アメリカでこんなことがおこなわれている最中（さなか）に、小雀（こがら）の絵を描く意味とはなんなのだろう。警察はいつからこんな蛮行をしているのだろう。フォックス・ニュースから毎日醜悪な言葉が吐き出され、怒りと苦しみと残虐さが噴き出している。そしてホワイトハウスには怪物の操り人形がいて、ちっちゃな両手を擦りあわせている。悲惨な状態の国と、怒鳴り合っている人々と、マスクもせず武装しているMAGA〔Make America Great Againの頭文字、トランプ支持者〕の帽子を被った大ばか者たちを見ているしかなく、ほかに何も考えられなかった。しかしそれでも、希望はあった。デモをおこなう人々がいた。そう、これは転換点に違いない。もしかしたらいまこの最低の暗黒時代であっても、アメリカは現実の姿がわかるようになり、深い傷を本気でなんとかしようとしているのかもしれない。

そして私は、白人の50歳の異邦人としてこのすべてを目に焼き付けていた。アメリカで中流階級の50代の白人というのはどういう意味があるのか。どういう立ち位置なのだろう。もちろんトランプ派ではない。グレイハウンドに鳩、兎に猫といったものを描いているのは正しいことではなかった。あからさまな人種差別と伝染病の蔓延という二重苦からアメリカがこれほどまでに血を流しているというのに、ジャバウォックやメデューサを描くことにどんな意味があるのだろう。人々はこれ以上ひどくなりようがないと何ヶ月も言い続けているが、事態はますます悪くなり得るし、実のところひどくなっている。どんどん悪くなってきている。

頼まれてシーリハムテリアを描こうとしたその日。今日は何日だろう。こんなときに犬など描いていてもいいのだろうか。以前は、描くことが逃避であり、ほかの場所について考えることであり、走ることも逃げ出すことに等しかったが、いよいよここにきて正面から向き合わなければならなくなった。ジョージ・フロイドを描くしかない。アメリカ中で人々が怒りのあま

72日目　ジョージ・フロイド

73日目　ブリオナ・テイラー

り立ち上がっているとき、壁画やプラカードや写真になったさまざまなジョージ・フロイドは、どれくらいの数にのぼっただろう。私も描いた（72）。ジョージ・フロイドを描いたのは、彼しか描けなかったからだ。もう感染拡大だけではなかった。アメリカは戦争状態にも突入していたのだ。

私はこの一年のことを、なにもかもが地獄絵と化すことになった筆舌に尽くしがたい年月の意味を、考えようとしてきた。以前はいつも、「1日1枚描くことは紙から目を離さないため」と書いていたが、いまはもう、「1日1枚」とだけ書き、その横に「ジョージ・フロイド」と書く。ジョージ・フロイド、ブリオナ・テイラー、そしてアマド・オーブリーと書く。彼らの名前を書くことは、彼らの死を私なりのやり方で悼むことだ。

74日目　アマド・オーブリー

76日目　デイヴィッド・マカティー

256日目　C・S・ルイス

257日目　ジョナサン・スウィフト

258日目　マダム・タッソー

259日目　駒鳥（こまどり）

260日目　ジョゼフ・コンラッド

261日目　イーディス・キャヴェル

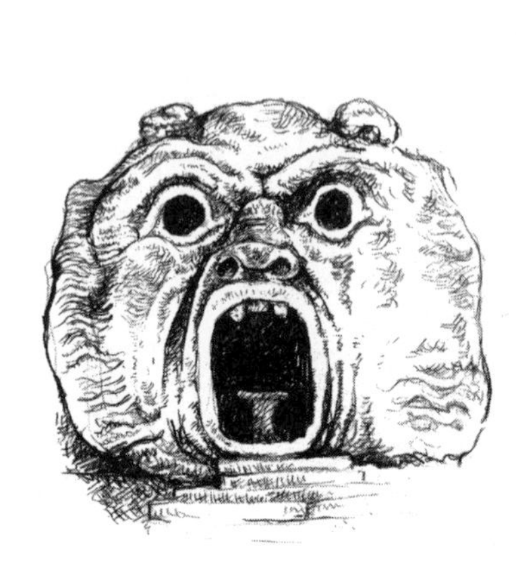

262日目 「怪物公園」の
人喰い鬼

263日目 クランプスの夜の
クランプス

264日目 トム・ウェイツ

265日目 カミーユ・クローデル

265 日目　ファイザーのワクチンを
最初に打った
マーガレット・キーナン

266 日目　『オズの魔法使い』の
「西の魔女」役を演じた
マーガレット・ハミルトン

267 日目　クラリッセ・
リスペクトル

268 日目　ナギーブ・
マフフーズ

安らかに眠りたまえ。隔離期間に入ってから多くの人が亡くなった。ジャン・モリス、ショーン・コネリー、ルース・ベイダー・ギンズバーグ、ダイアナ・リグ、チャドウィック・ボーズマン、オリヴィア・デ・ハヴィランド、ジョン・ルイス、カール・ライナー、イアン・ホルム、ヴェラ・リン、リトル・リチャード、トム・ムーア大尉、クリストファー・プラマー。ここに描ききれなかった大勢の人々。パンデミックが始まってからこの地球で新型コロナ感染症で亡くなった大勢の方々も、どうか安らかに眠って下さい。

268日目　グレイス・ペイリー

269日目　エドヴァルド・ムンク

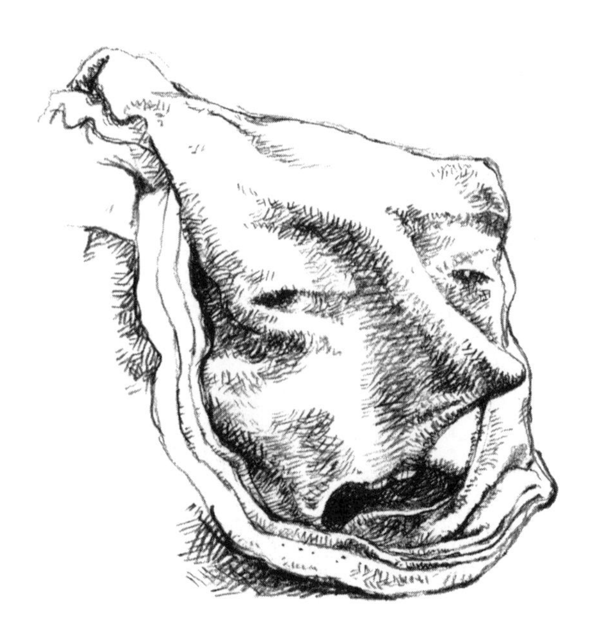

270日目　ティータオルに現れた顔

271日目　ノストラダムス

272日目　エドナ・オブライエン

273日目　ルートヴィヒ・ヴァン・
ベートーヴェン

274日目　ジョセフ・
グリマルディ

275日目　珍しい白い篦鹿（へらじか）

276日目　テディ。
安らかに眠りたまえ。

277日目　家雀（いえすずめ）

278日目　大接近

279日目　ドアのにおい嗅ぎサンタ

280日目　スコットランドのトナカイ

281日目　『クリスマス・キャロル』のイヴの日のスクルージ

282日目　クリスマスの日のスクルージ

283日目　リア王

284日目　『ピーター・パン』の
フック船長

286日目　ライナー・
マリア・リルケ

287日目　ダニイル・ハルムス

285日目　アラスター・グレイ

288日目　2020年よ、さようなら

289日目　2021年よ、こんにちは

290日目　リンダ・バリー

291日目　グレタ・トゥーンベリ

292日目　ルイ・ブライユ

293日目　宮崎駿

お役に立てれば。

なにかの助けになれば。

こうした文章を書いてから、鹿や山鼠の画を描いたことがときどきある。自然界のものを描くと、たとえ一瞬であってもわが家から気持ちを外に向けることができた。

私の描く画は、自分で描こうとしたものや、描けるもの、Instagramの四角い中に収まりそうなものに限られている。とはいっても縛りがあるとか、枠にはめられているとは思えない。たいていのものは描くことができる。人の意見も取り入れている。動物をよく頼まれるが、動物を描くと気持ちがとても安らぐ。ニューヨークにいる友人からカピバラを描いてほしいと言われた。別の友人たちからは、穿山甲や疣猪、ハイランド牛、マナティ、鯱、沼兎、鰐、針鼠、鶏、ナマケモノ、針土竜、アイアイの画を頼まれた。さながらノアの箱舟だ。跳地鼠は絶滅したと思われていたが、再び生存が確認された。跳地鼠はいまもこの世界にいる。ようやくよいニュースが聞けた。

294日目　民主党上院議員
ラファエル・ウォーノック

295日目　ナンシー・ペロシ。
合衆国議会議事堂襲撃の日に。

296日目　眠っている山鼠（やまね）

鳥たち。このパンデミックのあいだに鳥たちにどれほど救われたことか。うちの庭の木には木菟がいる。紅冠鳥も。青懸巣も。走りに行くと目にする緑の鸚哥はわが家の横の電信柱の上に巣を作っている。この通りには禿鷲も鷹もいる。こっそり抜け出して海を見にガルベストンへ2度ほど行ったとき、ペリカンが最良の治療薬だった。みんながリクエストしたのは、小雀や大蒼鷺、鷲木菟、白雁、信天翁、ペリカン、家雀などだ。クリスマス間近のある朝、目が覚めるとヨーロッパ駒鳥を無性に見たくなった（テキサスの駒鳥はまったく違う種で、大きさが2倍もある）。だからその日は駒鳥を描いた。

故郷を想って描いたものもある。駒鳥と小孔雀だ。イギリスが恋しい。とても恋しい。体がひりひりするほどだ。こんなに長いあいだテキサスに留まることはこれまでになかった。ここの風景や動物や人々のことをイギリスと同じようにはわかっていないので、まったくもって居心地が悪い。それに加えて、家族以外の人々に会わず、基本的にいつも決まった狭い場所を、家の周辺を移動しているだけだ。それで故郷が恋しくなって、ヨーロッパ駒鳥や、ディケンズとシェイクスピアの登場人物、英霊記念日曜日には雛罌粟などを描き、『ウォーターシップ・ダウンのうさぎたち』の兎を描いた。すると気分が少しよくなった。そう、小孔雀や駒鳥などは郷愁から生まれたのだ。

鳥。もっとたくさんの鳥。どこにでもいる鳥、鳩などを描くのも愉(たの)しい。あるいはペンギン、鵜(う)、角目鳥(つのめどり)、蜂鳥(はちどり)（これは私が描きたいと思った鳥で、もう一度見るのを楽しみにしていた）。感謝祭には七面鳥を、アメリカ大統領選の日には燕(つばめ)を描いた。燕は希望の象徴だからだ。雪小鷺(ゆきこさぎ)を描いたのは、バートン・スプリングズに泳ぎに行った早朝に、私たちのすぐそばの水際に立っていたからだ。この疫病大流行のあいだ、雪小鷺はその美しさで私たちの心を、とりわけ私の妻の心を救ってくれた。この鳥を最後に見たのはスネイプ・モルティングズで、2019年、サフォーク州のアルド川でのことだった。

　だが、鳥の中でいちばん描くのが好きなのは大黒椋鳥擬(おおくろむくどりもどき)なのだ（3、203）。

297日目　蜂鳥（はちどり）

298日目　白熊（しろくま）

299日目　トマス・ハーディ

300日目　決然とした青年　その6

テキサス州が素晴らしいのは、大黒椋鳥擬（おおくろむくどりもどき）がいるからだ。大黒椋鳥擬は怪物たちやゴブリン、私たちが虚構から生まれたと考えている生き物たちの生き証人だ。大鳥（おおがらす）と鳥（からす）の気の毒な親類にあたる大黒椋鳥擬は、とても醜く、悲惨なほど邪悪な外見をしている。鳥だとはまったく考えられない。むしろ物だ。惨めな死者の魂から出来ている。羽根と肉で出来ているのではなく、古い革と破れ傘の一部と破れ凧（だこ）、あるいはヴィクトリア朝時代の婦人の扇（またはヴィクトリア朝時代の老婆たち）と、頭髪の下にあるゴムが丸見えになっている男性用鬘（かつら）から成っているようだ。それが発する声は鳥のものとは到底思えない。最初は、鳥が囀（さえず）っているとはわからなかったので、人間が作った音、錆び付いた機械が生み出す大きくて嫌な甲高い音だと思った。機械音なのだ。虚無の音。大黒椋鳥擬は、こちらが差し出した器から、うまくいけば餌を食べることもある。あらゆるものを凄みのある目つきで見て、首をかすかに捻（ひね）り、そんな態度を繰り返しながら町中を闊歩している。威厳はない。物乞いやペスト医師（21）、水気をすべて吸い取られた憎悪に満ちた人間のようだ。大黒椋鳥擬には水っぽいものがなく、全身軟骨で出来ている。尻尾には青や紫の色の羽根が入っているように見えるが、これは手の中で銀板写真を動かすとちらりと色味が映るような気がするのと同じだ。もしかしたらこの鳥は、なくした写真が別の姿になったものかもしれない。捨てられたりなくしたり、行方不明になったりしたアルバム写真のなれの果てなのかもしれない。初め、この生き物と生活するのは得策ではないし、悪運ばかりを引き受けることになりそうだと思ったが、そのうち、仕事を始めようとすると、鳥の姿になった人間たちや捨てられた物たちが、跳んだり喚いたり、あらゆる物の上にとまったり、非難したり、嘆いたり、責めたり、喋ったり、悲鳴を上げたり、笑ったりする姿が、神話のなかの出来事のように思えてくる。

301日目　トランプが2度目に弾劾(インピーチ)された日の
オレンジと2つの桃(ピーチ)

緊急用。描かれるべくして描かれた画（え）というのがときどきある。ムスカ・ドメスティカ。私が描いた蠅（はえ）（204）はとても有名な蠅だ。副大統領候補の討論会のときにマイク・ペンスの頭に止まっていた。この蠅はなにかを告げているようだった。オランダの静物画の腐りかけた果実にこっそり止まる蠅を思わせた。何を描くのがよいかがはっきりとわかる日というのがある。R・B・G（ルースベイダーギンズバーグ）が亡くなったというニュースが飛び込んできた日、私はすでにサミュエル・ジョンソンを描き終えていたが、急いで新たな紙に向かった。ジョン・ルイスは7月18日。アレクサンドリア・オカシオ＝コルテスが演説をしたのが7月23日。ニューヨーク州司法長官レティシア・ジェイムズが全米ライフル協会の解散を求めて訴訟を起こしたのが8月6日。8月11日にはカマラ・ハリスがジョー・バイデンの副大統領になることが発表された。11月3日と4日には大統領選の結果をいまかいまかと待っているあいだにバイデンを描いた。12月8日、コヴェントリーに住む90歳のマーガレット・キーナン（265）がファイザー社のワクチンの実用化接種者第1号となった。2021年1月7日にはマスク姿のナンシー・ペロシ（295）がアメリカ連邦議会襲撃を非難した。

302日目　ルイス・キャロル

303日目　オシップ・マンデリシュターム

304日目　スーザン・ソンタグ

305日目　アン・ブロンテ　ブランウェル・ブロンテ

306日目　マーティン・ルーサー・
キング・ジュニア

307日目　トランプの後頭部

308日目　宣誓するジョー・バイデン　宣誓するカマラ・ハリス

自分を脱ぎ捨てること。私はまた、木彫りの人形の横に立つ生身のピノッキオのことを考えている。この隔離期間のあいだに自分を脱ぎ捨てた人はどれくらいいるだろう。息子のガスはパンデミックが始まってから私より背が高くなった。娘のマチルダは私の妻の背を越しそうになっている。隔離期間のあいだに私は年を取った。隔離が始まったとき40代だったが、終わる頃には51歳になっているだろう。猫もこれまで以上に猫らしくなっているはずだ。

鉛筆画が脱ぎ捨てられた皮膚のように思えるときがある。鉛筆画は過ぎ去った時間であり、たくさんの昨日が積み重なったものなのだ。

309日目　トロールの絵で有名なテオドール・セヴェリン・キッテルセン

すべての画(え)が好きというわけではない。決してそういうわけではない。嫌になる画も何枚かあるが、それもこの日誌の一部だ。それにこの隔離のあいだ、すべての日が好きだったわけでもない。気が滅入る日もあった。しかし毎日がきちんと記録されないとすべてが崩壊する。だから毎日異なるものを描く。画でありさえすれば、上手い下手はどうでもいいのだ。1日1日に意味がある。画を描き上げると、右上隅に番号を書き、画の山の上に置く。1度描いたら見直さないし、修正もしない。たとえ翌日にその1枚を見て不快に思っても、そのままにして、次の1枚にとりかかる。私がここで求めているのは完璧なものではない。日々を記録することだ。50日ごとにこれまで描いた画を床に並べる。こんな計画をこれまでに実行したことがない。こんな生活を経験したことはない。それに、1枚の画の中にはその日を示す何かが、ほんのわずかであっても、含まれている。ちょっとした逃避だ。画を描くためにはテーブルの前に気を静めて座っていなければならない。それが毎日のわずかな平安をもたらしてくれる。描くのを忘れてしまいそうになるときもあれば、起きてすぐさま描くときもあり、たとえば講義を一日中おこなった後などには、描かないでいられたらどんなにいいだろうと思ったりするが、とにかく座って紙に向かう。それから自分に言い聞かせる。描かなくたっていいんだぞ、と。こう書いている今日は309日目だが、この日の1枚を描き終えてほっとしている。これまでの1日1日に小さな印がつき、間もなく私はこう言うことになる。これが一年の長さだ、これが一生のうちの一年間の姿だ、毎日描き続けてきた一年の分量なのだ、と。これまで一年の長さを測ったことはなかったし、測りたいと思ったことはない。もう一度やるつもりもない。

300日目にこれらの画の重さをバスルームの体重計で量ったら、きっかり7キログラムあった。これにどんな意味があるのかわからない。インターネットによれば、ボウリングのボールや1ガロンのペンキと同じ重さであり、ダックスフント1匹分、猫2匹分、金塊半個分の重さだという。便器(194)のおよそ5分の1、人間の脳の5倍にあたる。1歳の子どもの平均体重が8.6キログラムなので、365枚までいっても、私の鉛筆が生み出した子どもは標準体重に達しない。

310日目　驢馬

311日目　海豚

312日目　E・T・A・ホフマン

313日目　ロバート・
バーンズ。バーンズ・ナイトに。

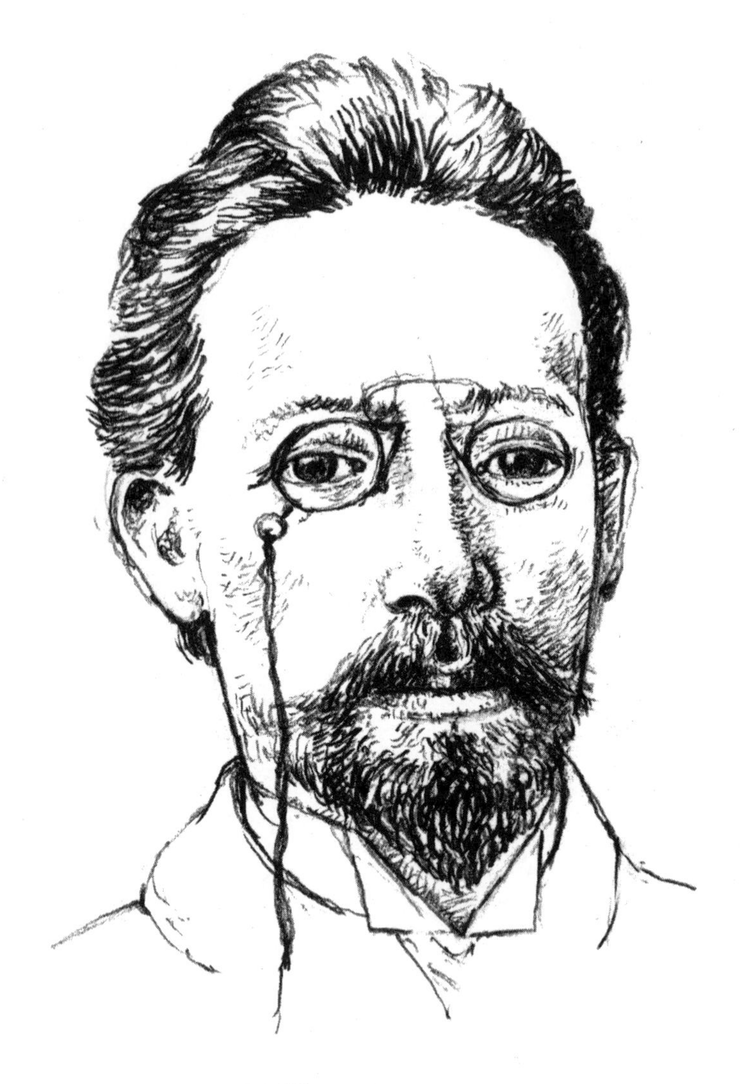

317日目　アントン・チェーホフ

314日目　巨大魚の腹のなかに
いるジュゼッペ

315日目　プリーモ・レーヴィ

316日目　ヘンリー8世

318日目　マハトマ・ガンジー

319日目　A・A・ミルン

320日目　ミュリエル・スパーク

321日目　退役大尉のトム・ムーア卿。安らかに眠りたまえ。

もうひとつ時間の経過を示すものがある。使いきった鉛筆だ。鉛筆画を描くときに使った鉛筆の残り部分、ちびた鉛筆、鉛筆だったもののなれの果ては、すべて保存してある。鉛筆ホルダーがあるので、最後のぎりぎりのところまで鉛筆を使い切ることができる。それにしても、ちびてしまったものは煙草の吸い殻にそっくりだ。50枚描くたびに画を床に並べただけでなく、どんどん増えていくちびた鉛筆の写真も撮ったが、それをTwitterで見たある人が、使い終わった鉛筆って、煙草の吸い殻みたいだね、と言った。そう、まさしく煙草の吸い殻にそっくりなのだが、ちびた鉛筆のほうは極めて美しい。何年も昔に、私は煙草を吸っていた時期があり、その頃には1日を灰皿に溜まった煙草の吸い殻で計ることができた。文章の終わりの句点代わりに煙草の火を消した。それははるか昔のことだけれど、ちびた鉛筆の入った器を手でなぞると、当時のことが蘇(よみがえ)ってくる。

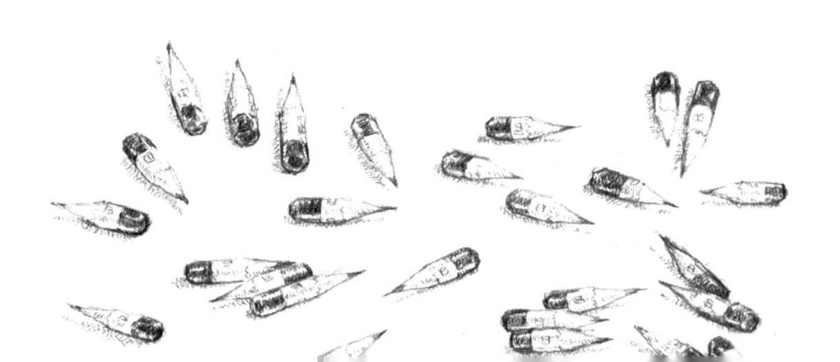

322日目　ボフミル・フラバル

323日目　ローザ・パークス

324日目　『サウンド・オブ・
ミュージック』の
クリストファー・プラマー

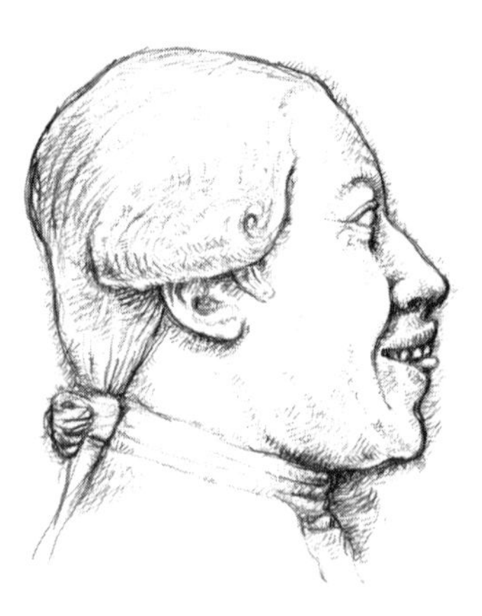

325日目　フランツ・
メッサーシュミット

321日目　グラウンドホッグの日〔2月2日〕の土豚(グラウンドホッグ)

326日目　チャールズ・ディケンズ

また新しい日。今日は獺。今日はフレディ・マーキュリー。今日はブルーノ・シュルツ。今日はジャマル・カショギ。今日は黒豚の姿となったウェールズ民話の悪霊。今日はイタロ・カルヴィーノ。今日は象海豹。今日は友人の膝に乗った家雀。今日はジム・ヘンソン、ジローラモ・サヴォナローラ、アガサ・クリスティ、ゼイディ・スミス。今日は海象、今日は裸出歯鼠、今日は守宮。今日はイーユン・リー、昨日はピーター・セラーズ。今日はファウチ医師、明日はバスティーユ牢獄。今日は心臓。

328日目　裸出歯鼠

327日目　チーター

329日目　ボリス・
パステルナーク

330日目　シルヴィア・プラス

331日目　丑年（うしどし）

332日目　W・N・P・バーベリオン。
今年から始まったバーベリオン文学賞の始まりを祝って。

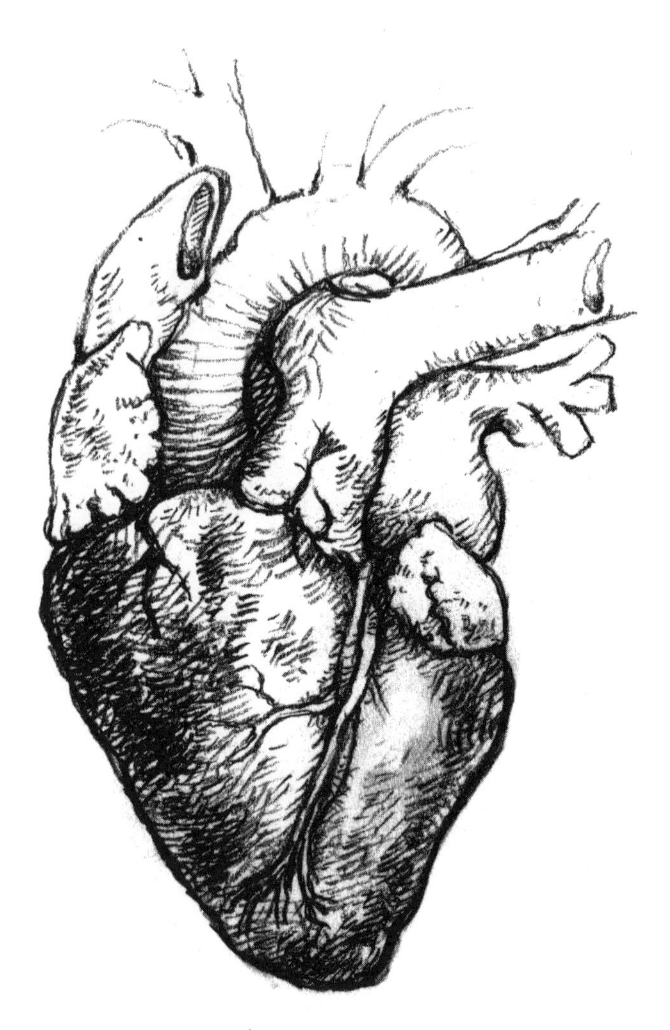

333日目　心臓（ハート）。ヴァレンタイン・デイに。

334日目　霜の妖精ジャック・フロスト。テキサスで過去90年で最悪の吹雪の日に。

335日目　マルディグラの日のバッカス

336日目　雪頬白（ゆきほおじろ）

337日目　トニ・モリスン

338日目　カーソン・マッカラーズ

339日目　ハートフォードシャーの馬

340日目　吹雪を生き延びられなかった緑の鸚哥（いんこ）

341日目　エドワード・ゴーリー

342日目　ジャンバティスタ・バジーレ

343日目　グリム兄弟

344日目　ステラー懸巣（かけす）

345日目　『ノートルダムのせむし男』のカジモドを演じたチャールズ・ロートン

346日目　セーヌ川の身元不明少女

347日目　紅冠鳥

348日目　ウェールズのドラゴン。
聖デイヴィッドの日に。

349日目　愚か者。テキサス州知事が
全州におけるマスク着用義務の指示を
解除した日に。

350日目　ジョルジュ・ビゼー

351日目　世界図書の日

352日目　決然とした青年　その7

実は、まったく描かなかった人が大勢いる一方で、一度ならず描いた人が何人かいる。リア王（大好きな芝居だ）、エベネーザ・スクルージ（亡霊が訪ねてくる前のクリスマス・イヴの彼と、改心した後のクリスマスの日の彼）。ドナルド・トランプは3回描いた。ふざけた前髪から血が滴っているもの、（実はドナルド・トランプは果物でもあるのか）二度目の弾劾裁判にかけられた日に2個の桃の隣に置いたオレンジとして〔トランプの顔がオレンジ色なのでオレンジに準えた〕、3つ目はホワイトハウスを去る日の彼の後頭部を。

そのほかには、オバマが2回、バイデンが4回、カマラ・ハリスが3回。ブリオナ・テイラーを2回描いたのは、彼女の顔をもっと上手に描きたいと思っていたら、その死後に警察側に重大なミスがあったことが次々と明らかになったからだ。

ブロンテ姉妹の3人とグリム兄弟ふたりを描いた。メアリ・ウルストンクラフトとその娘メアリ・ウルストンクラフト・シェリーを描いた。ハムレットとハムレットの死んだ父親、エリザベス1世とヘンリー3世を描いた。決然とした青年はこれまで7回描いている。

353日目　ガブリエル・
ガルシア＝マルケス

354日目　アマンダ・
ゴーマン

355日目　マララ・ユスフザイ

356日目　フランシスコ・
デ・ゴヤ

357日目　ミハイル・
ブルガーコフ

358日目　コジモ3世のカバ

359日目　リチャード・ダッド

360日目　翡翠（かわせみ）

361日目　紅篦鷺（べにへらさぎ）

362日目　アメリカシロペリカン

363日目　ネイティヴ・アメリカンで
初めて内務長官となったデブ・ハーランド

364日目　デイヴィッド・ジョーンズ

365日目　2回目のワクチンを打った自画像

365日目になった。まるまる一年間描き続けた。偶然にも、この記念すべき日の画(え)は、私が2度目のワクチンを打った自画像になった。一年が確かに終わったわけだが、2020年3月19日に絵を描き始めたときには、まさか一年後の2021年3月18日に自分がここに座って腕に絆創膏を貼られているとは想像すらできなかった。パンデミックはこの時点ではまだ終わっていないので、もうしばらくは画を描き続けるつもりだが、ともかくこれが感染症と鉛筆で過ごした一年である。

私はいまでも鉛筆を愛している。相変わらず画を描くのが大好きだ。この先鉛筆を愛さなくなることは断じてない。画を描かなくなることも絶対にない。こんなことになるとは思わなかったが、ここにこうして自画像があり、たくさんの肖像画がある。絶望と希望の一年を鉛筆で描いた記録だ。ささやかな印だ。生きている証としての日々の画。家のなかでの長い旅路。鉛筆に感謝する。鉛筆のおかげだ。

テキサス州オースティン　2020年3月～2021年3月

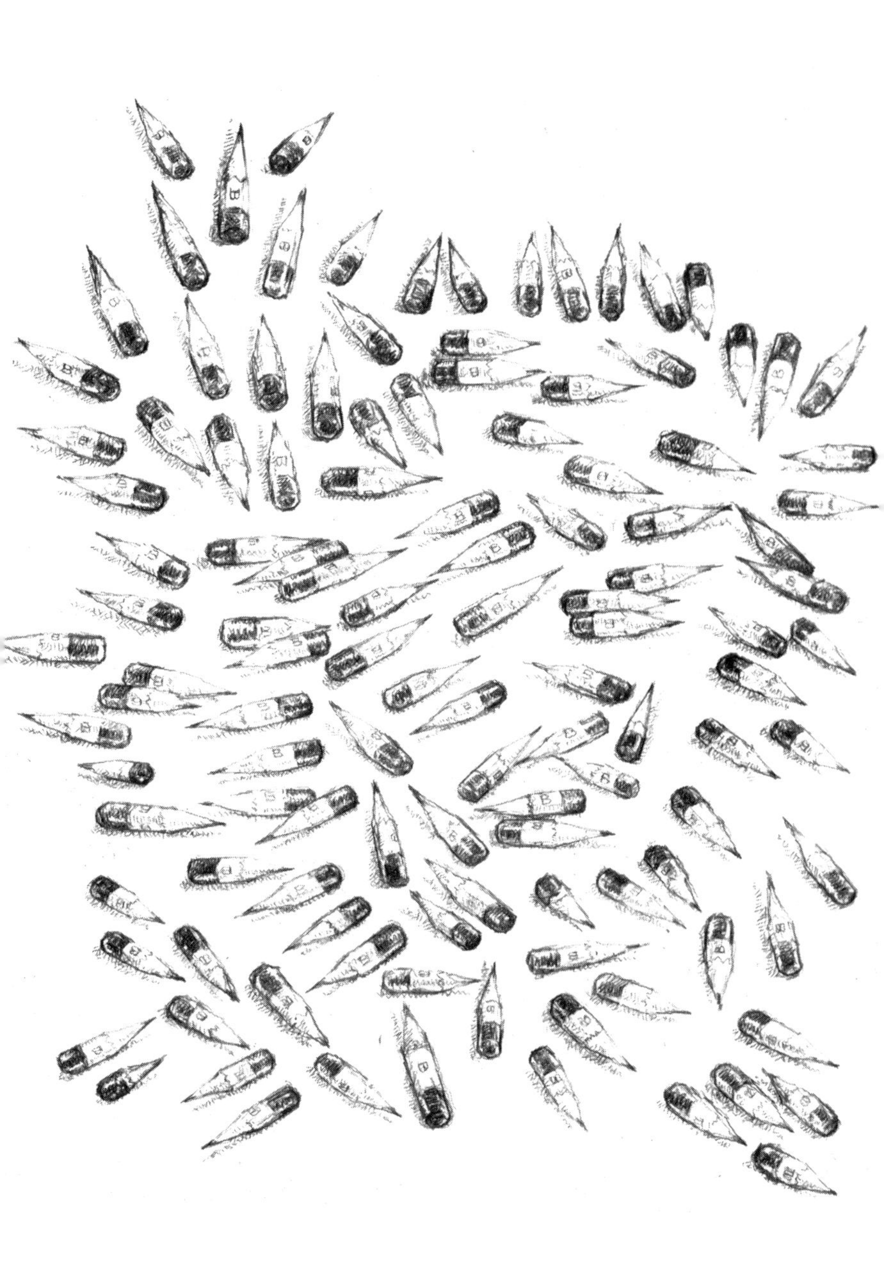

366日目　ウィリアム・シェイクスピア。
ストラトフォード・アポン・エイボンの彫像は
彼の存命中に創られたと言われた日に。

ところが、一年では終わらなかった。私にとって365はすっきりした数字ではなかったし、相変わらず家に閉じ込められているので、一年が経ったというだけでなにも変わっていなかった。描き続けながら私はこう考えていた。500というのが切りのいい数なので、500にたどり着けば1枚目の鉛筆画に対する企てがうまくいくかもしれない、と。つまり、私の「決然とした青年」の顔を180度回転させ、額を顎の位置へ持ってきて、新たな顔を作ることができるはずだ。もともとの顔に変わりはないが、暗い日々を乗り越えてきた新しい顔を。

367日目　ヘンリック・イプセン

368日目　猫のマーガレットと
暮らし始めて一年

369日目　ヨハン・ヴォルフガング・
フォン・ゲーテ

370日目　火食鳥（ひくいどり）

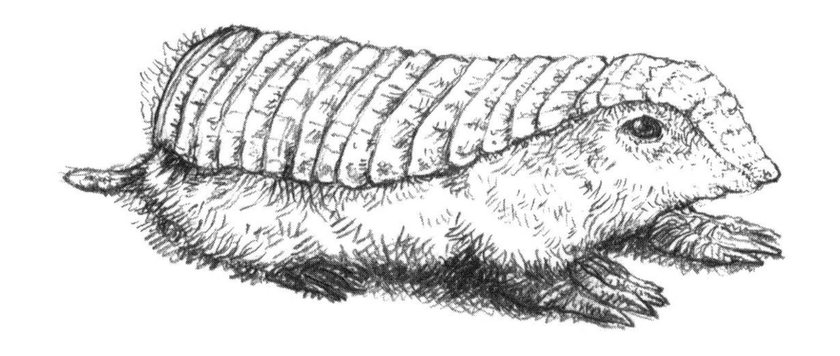

371日目　姫アルマジロ

372日目　フラナリー・オコナー

373日目　ウォルト・
ホイットマン

373日目　ベバリイ・クリアリー。
安らかに眠りたまえ。

374日目　ヴィクトリアン・トイ・シアター。
世界演劇の日に。

375日目　ヴァージニア・ウルフ

376日目　ロバート・ファルコン・
スコット

377日目　フィンセント・ファン・
ゴッホ

379日目　尖り鼠（とがりねずみ）。
エイプリル・フールに。

380日目　ハンス・クリスチャン・
アンデルセン

381日目　ジェーン・グドール

378 日目　エッフェル塔。1889 年に開業した記念の日に。

382日目　復活祭の『ウォーターシップ・ダウンのうさぎたち』のビグウィグ

383日目　『白鯨』のエイハブ船長

384日目　アルブレヒト・デューラー

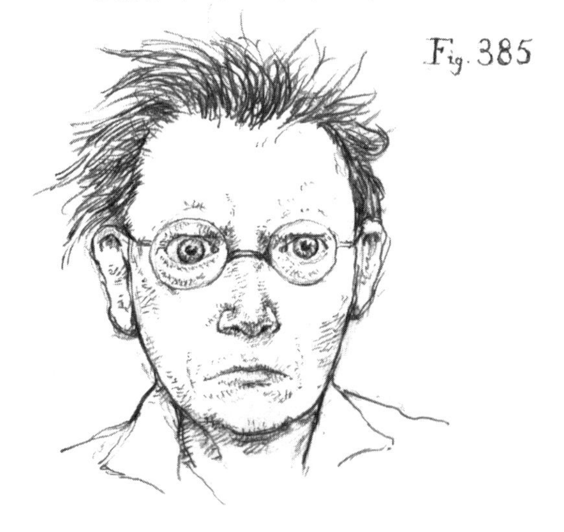

385日目　自画像。51歳の誕生日に。

386日目　一角獣（ユニコーン）

387日目　シャルル・ボードレール

388日目　エイミー・ヘンペル

389日目　カート・ヴォネガット

390 日目　バグプスと仲間たち。オリヴァー・ポストゲートと
ピーター・ファーミンによるテレビの子ども向け番組から。

391 日目　角目鳥（つのめどり）と風船で作られた犬。
妻の最新短篇集の刊行を記念して。

392日目　タイタニック号の残骸から
拾い出された懐中時計。
タイタニック沈没の日に。

393日目　ローベルト・
ヴァルザー

394日目　ラルフ・エリスン

395日目　アイザック・
ディネーセン

396日目　トムソン
ガゼル

397日目　チャールズ・
ダーウィン

398日目　座頭鯨（ざとうくじら）の母子

スケッチ集には、365枚の画を収めることになったが、一年が過ぎても私は描き続けた。そもそも初めから画を出版するつもりなどなく、毎日画を描いていくことだけが目的だった。続けていくにはそれがいちばんよい方法だ。それに、H・C・アンデルセン（380）、ローベルト・ヴァルザー（393）、アイザック・ディネーセン（395）、葛飾北斎（418）、モーリス・センダック（449）、レオノーラ・キャリントン（433）といった、描きたいと思いながらも描けなかった人たちがいた。復活祭が再び近づいてくると『ウォーターシップ・ダウンのうさぎたち』の別の兎を描きたくなり、マクベス夫人に連れ合いを描いてやりたくなった。しかも自分で創り出した人物（403、414）すら描き始めた。いろいろな意味で、この本はこれまで出版してきたなかでも個人的な色合いの強いものだ。この企画の最後のほうには、妻と子どもたちに加えて、私の母や死んだ父や兄の画も入っている。普段は自分を描くこともないのだが、そしてそんなことは避けたほうがいいのだが、51歳になったときに再び自画像を描いたので、結局このなかに4枚の自画像が収められている。水曜日のたびに、週の半ばなのでさまざまな国の民話伝説から選んだ怪物を描いた。

その頃にはオースティンも少しばかり状況がよくなり、前より町なかを動きまわれるようになり、大学構内の研究室にも行けるようになった。自分の蔵書を見るのはなんという喜びだろう。そして研究室に腰を落ち着けると、目の前にはトスカーナの写真家マルコ・パオーリが撮ってくれた写真がある。そこに写っているのは大きな楢(なら)の木で、カルロ・コッローディが子どもだった頃からあって、彼の有名な本にも登場している。ピノッキオが猫と狐の手で首を吊られたあの木だ。私は実際に直にその木に触れたし、コッローディの小さな街を訪れた際に拾い集めた楢の木の枯葉が研究室にある。ジュゼッペと彼が閉じ込められていた２年間のことはこの気鬱な時期のあいだずっと私の心を占めていて、その枯葉に触れるとコッローディの世界へと舞い戻った。その数日後、途轍(とてつ)もないことが起きた。マサチューセッツ州プロヴィンスタウンに住むロブスター漁師が、ほんの短いあいだだが、座頭鯨(ざとうくじら)に呑み込まれたのだ。この現代のジュゼッペ（450）を描かなければと思った。

399日目　バウバス。リトアニアの民話から。

400日目　決然とした青年　その8

401日目　マクベス

402日目　雲雀（ひばり）

403日目　フランシス・オーム。
私のデビュー作の主人公。カナダの
ノヴァ・スコシアで舞台化されたが、
オンライン公演に変更を
余儀なくされた、初日を記念して。

404日目　フラミンゴ。
国際フラミンゴの日に。

405日目　大黒椋鳥擬（おおくろむくどりもどき）

406日目　キキーモラ。スラブの民話に
登場する精霊。

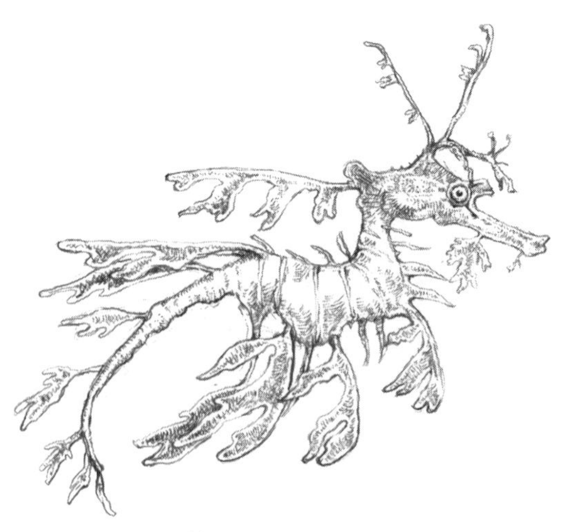

407日目　リーフィーシードラゴン

408日目　跳鼠（とびねずみ）

409日目　メーデーのグリーンマン

410日目　わが息子ガス。
14歳の誕生日を迎えた日に。
（最後に髪を切ったのは12歳のとき）

411日目　ドディ・スミス

412日目　シャーロック・
ホームズ。彼の“死んだ”日に。

413日目　ヴォドニク。
スラブの神話に登場する精霊。

414日目　私の新しい小説の
登場人物イーディス・ホラー。
大学の学期が終わり、
仕事に戻ることができた日に。

415日目　ラビンドラナート・
タゴール

416日目　デイヴィッド・
アッテンボロー

417日目　私の母。
母の日に。

418日目　葛飾北斎

419日目　一角(いっかく)

421日目　ダフネ・デュ・
モーリア

422日目　免疫学の父
エドワード・ジェンナー

420日目　ファハン。スコットランドに
伝わる妖精。

423日目　蜂

424日目　赤ずきんちゃんと狼。
シャルル・ペローの命日に。

425日目　ベネズエラ・プードル・モス

426日目　サー・ジョン・ソーン博物館。
国際博物館の日に。

427日目　ヤラマヤフー。
アボリジニの民間伝承の吸血鬼。

428日目　ドクター・フーを
演じたジョン・パートウィー

429日目　エリザベス・フライ

430日目　リチャード3世を演じた
ローレンス・オリヴィエ

431日目　カナダ鶴(つる)

432日目　キャスリーン・ヘイルと猫のオーランドー

433日目　レオノーラ・
キャリントン

434日目　日本の妖怪
垢舐（あかな）め

435日目　エリック・カール。
安らかに眠りたまえ。

436日目　フォッサ

437日目　魔法使いマーリンと
梟のアルキメデス

438日目　ジャンヌ・ダルクを
演じたルネ・ファルコネッティ。
聖人ジャンヌ・ダルクが殺された日に。

439日目　ルイーズ・ブルジョワ

440日目　引退した
テディ・ベア

441日目　イギリスの幽霊犬
ブラック・シャック

442日目　フランツ・カフカ

443日目　スリランカ蝦蟇口夜鷹(がまぐちよたか)

444日目　フェデリコ・
ガルシア・ロルカ

445日目　アレクサンドル・
プーシキン

447日目　水晶宮の建築家
ジョセフ・パクストン

446日目　クーパー。オーストラリアのクイーンズランドで
発見された、草食のティタノサウルス類の恐竜。

448日目　アメリカの妖怪　ジャージー・デヴィル

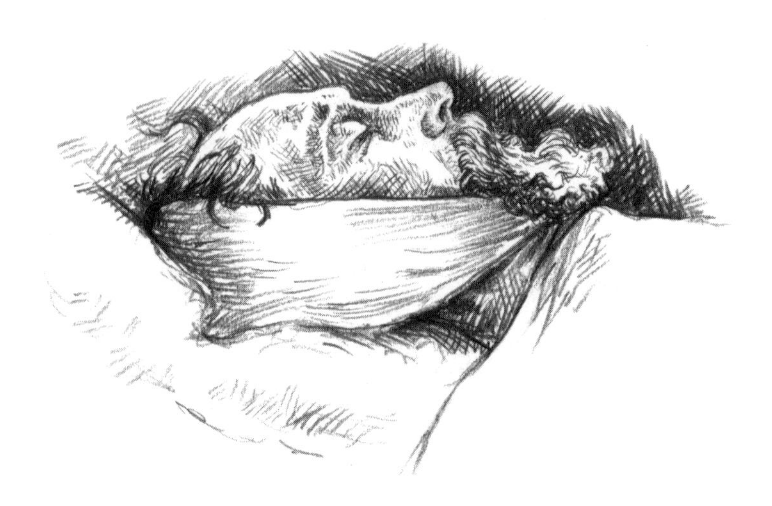

448日目　死の床のチャールズ・ディケンズ

449日目　モーリス・センダック

450日目　マイケル・パッカード。
マサチューセッツ州プロヴィンスタウン
で座頭鯨（ざとうくじら）に、ほんの一瞬だが、
この日に呑み込まれた。

プロヴィンスタウン（468）はアメリカにある好きな場所のひとつで、ようやく再び訪れることができそうになった。私たちはボストンまで飛行機で行き、そこからフェリーに乗り、つい最近男が呑み込まれた場所プロヴィンスタウンに行った。それで、この本の最後の数日間の画は旅行記になっていて、実際にその場に行って画を描くことができた。ニューヨークに行ったときには、妻と妻の伯母といっしょに大好きな絵画の1枚を観た。ジャック＝ルイ・ダヴィドの「ラヴォアジェ夫妻の肖像」（471）だ。夫が崇めるように妻を見上げていて、妻は笑みを浮かべてこちらを見ているという構図が私はとても好きなのだ。それからイングランドへ向かい、乱気流に巻き込まれてから、再び隔離生活に突入した。今回は母の家で母と犬（475、いまはもういないのだが）といっしょに過ごし、しかも母の画も描いたので嬉しさは2倍になった。その後ノーフォークのホルカムの海岸へ行き、そこで拾った松ぼっくり（484）は、研究室のコッローディの楢の枯葉の隣に置いてある（いまはオースティンに戻っている。なんとも恐ろしい学期の最中だ。テキサス州知事は忌まわしい共和党の怪物（349）で、できるだけ多くのテキサス人を殺そうとやっきになっている）。私たちはノリッジで数日を過ごしたが、ここが私の故郷であり、最新作はここが舞台になっている。故郷をどうしても訪れたかったのは、鉛筆画を描き始めた同じ日にその小説を書き始めたからだった。オースティンにいながらノリッジの町並みの上を想像の翼を広げて飛び回っていた私が、突然、本物のノリッジのなかにいた。ケント海岸（498）のそばで宿泊できるところを見つけ、その海岸で化石（496）を集め、納骨堂（495）を訪れ、久しぶりに芝居を観て（494）、さらに大事なことには、会いたかった友人たちと会えた。そしてようやくロンドンに戻り、干潮時のテムズ川を再び浚って、ホガースの描いた場所で小さな宝物を見つけ出した。とても古いものだが私たちにとっては初めて手にするものだ。また新しい物語が始まる。

450日目　決然とした青年　その9

451日目　ジューナ・バーンズ

452日目　ウィリアム・バトラー・イェイツ

453日目　姫赤立羽（ひめあかたては）

454日目　写真家エドワード・マイブリッジ

455日目　ヴァージニア・ウルフとジェイムズ・ジョイス。
ダロウェイの日とブルームの日に。

456 日目　チヌア・アチェベ

457 日目　マクシム・ゴーリキー

458 日目　奴隷解放記念日

459 日目　最愛の父よ、
安らかに眠りたまえ。父の日に。

460日目　グラストンベリーの丘に建つ
聖ミカエル教会の塔

461日目　五色鶸

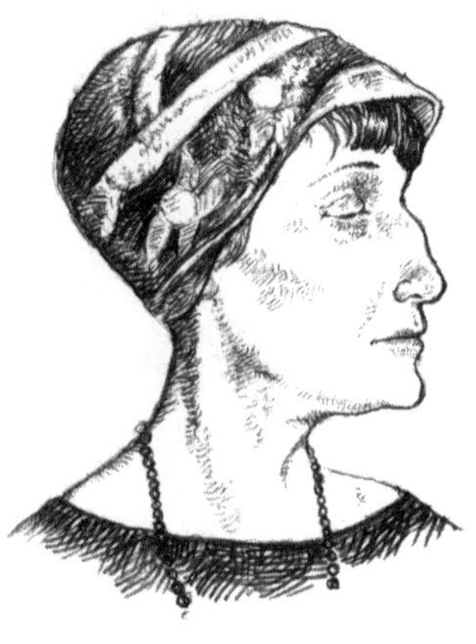

462日目　アンナ・アフマートヴァ

463日目　連雀

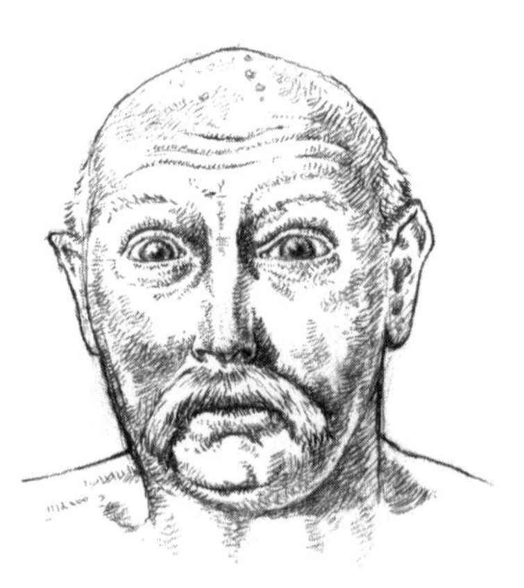

464日目　『老兵は死なず』の
クライヴ・キャンディ中尉を
演じたロジャー・リヴセイ

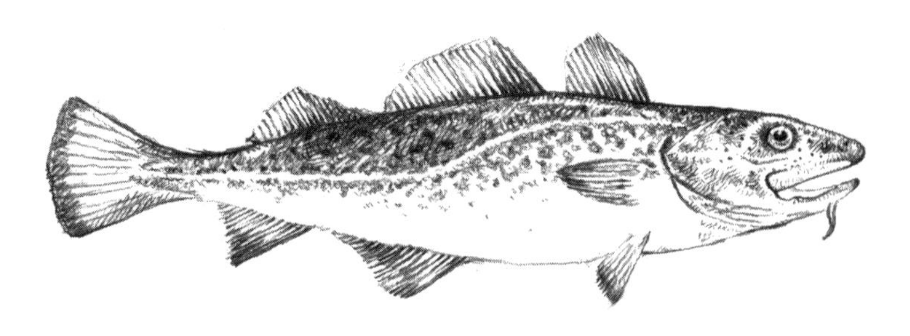

466日目　鱈（たら）

465日目　ピーター・ローレ

467日目　最愛の兄ジェイムズの命日。腎臓病患者の兄は
9年前のこの日、汚染輸血により死亡。
イギリスの保守党政権による国の
不祥事で大勢の患者の命が失われた。

468日目　マサチューセッツ州プロヴィンスタウン
（ようやくテキサスから外に出られた）

469日目　プクウェジー。
アメリカ先住民
ワンパノアグの伝説の生き物。

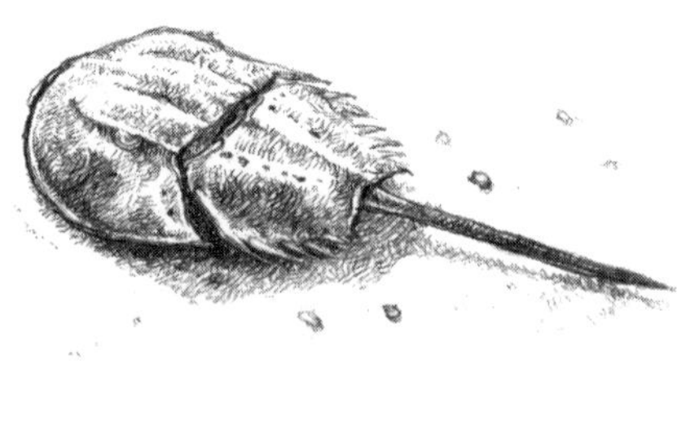

470日目　甲蟹（かぶとがに）

471日目　マリー＝アンヌ・
ピエレット・ポールズ・ラヴォアジエ。
ジャック＝ルイ・ダヴィドの絵を参考に。
妻と妻の伯母とニューヨーク市の
近代美術館を訪れた日に。

472日目　自画像。
見慣れない器具と共に。

473日目　ジョージ3世。
ジェイムズ・ギルレイの絵を
参考に。独立記念日に。

474日目　スーツケース。
イングランド旅行への出発が問題に
なっているその日に、
検査結果を待ちながら。

475 日目　ルビー。私の母の愛犬。
イングランドに到着した日に。

476日目　『秘密の花園』のメアリ・レノックス。
イングランドでの隔離期間中に。

477日目　岩燕（いわつばめ）。
イングランドでの隔離期間中に。

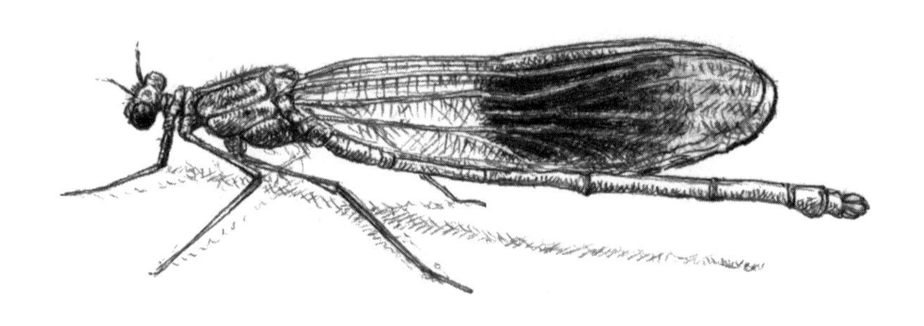

478日目　青肌蜻蛉。
イングランドでの隔離期間中に。

480日目　サフォーク州クレアのセント・ピーターとセント・ポール教会。
鐘の音は聞こえるが姿を見ることはできない。
イングランドでの隔離期間中に。

479日目　マルセル・プルースト。
イングランドでの隔離期間中に。

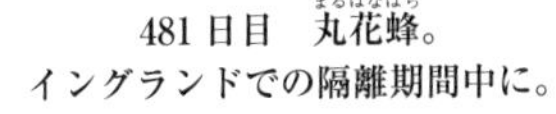

481日目　丸花蜂（まるはなばち）。
イングランドでの隔離期間中に。

482日目　フリーダ・カーロ。
1954年のこの日に他界。
イングランドでの隔離期間中に。

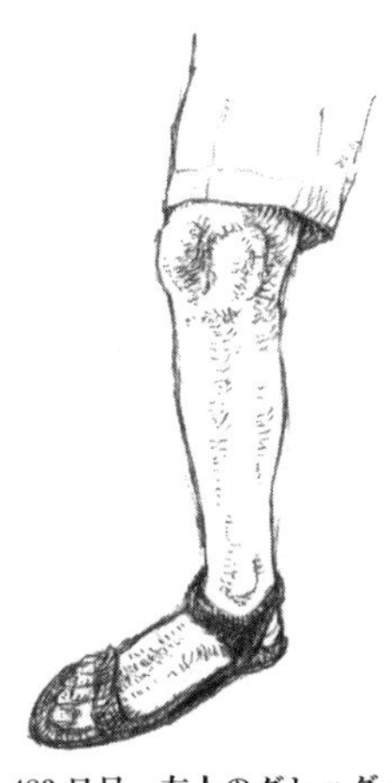

483日目　友人のグレッグ・
マーシャルの脚。回想録を
売って隔離から
一歩踏み出すと宣言した日に。

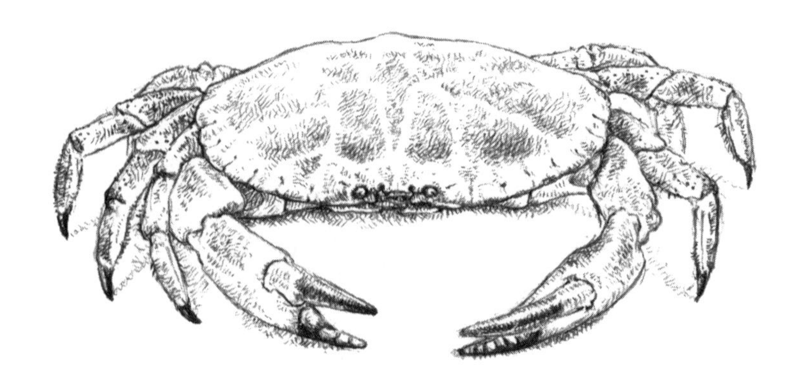

485日目　クローマーの蟹

484日目　北ノーフォークの
ホルカム海岸の松ぼっくり。
世界一好きなビーチで、
隔離期間終了後に最初に行った場所。

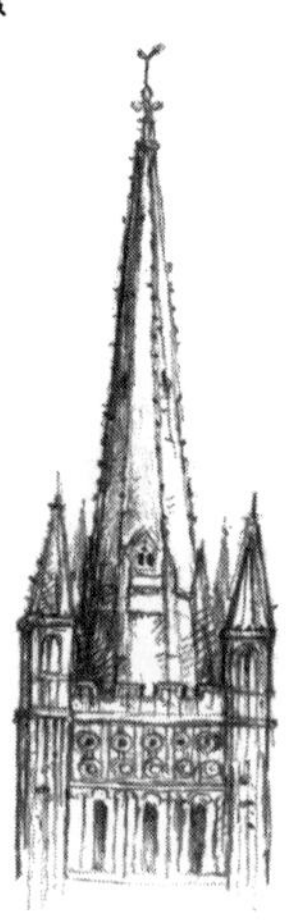

486日目　ノリッジ
聖堂の尖塔

487日目　サー・トマス・
ブラウン。早く起きたので
ノリッジの町までひとりで
散歩した日に。

488日目　鷗（かもめ）。
ケント州の海岸で。

489日目　J・M・W・
ターナー。ターナーの愛した
マーゲートを訪れた日に。

490日目　サネット蛇。
ケント地方の言い伝えから。

491 日目　トマス・ベケット。
カンタベリー大司教。
カンタベリー大聖堂を訪れた日に。

493 日目　ウェリントン公爵。
彼が死んだ肘掛け椅子を
見に行った日に。

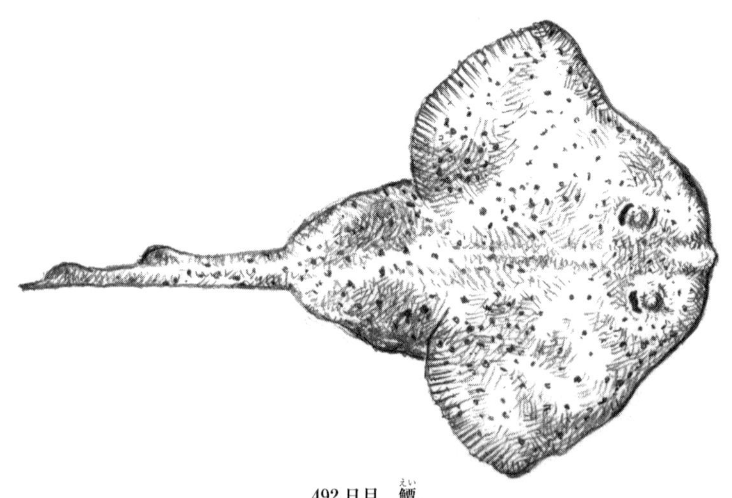

492 日目　鱏（えい）。
夕食に食べた。

494日目　『バスカヴィル家の犬』
パンデミック以後初めての芝居を観て。

497日目　イギリスの都市伝説にあるバネ足ジャック

495日目　ケント州ハイスの
聖レオナルド教会の納骨堂

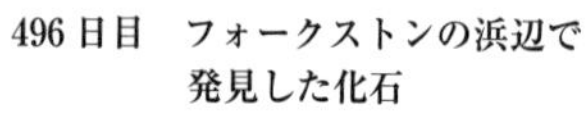

496日目　フォークストンの浜辺で
発見した化石

498日目　海。ケント州の海岸
での最後の夜、波を見つめ、
その風景を胸に刻み込む。

499日目　セント・ポール大聖堂の
ドーム。ようやくロンドンに到着。

そういうわけで、パンデミックが始まったときにいた場所、ここロンドンのセント・ポール大聖堂の外観の姿でこの本は終わる。正確には、サー・クリストファー・レンが再建したドームを499として描いている。500が最後の画(え)だ。1日目と同じように「決然とした青年」を描いたが、今回の彼は少し皺(しわ)があり狼狽(うろた)えていて、ワクチンを2回打った痕が腕にある。

いまも私は鉛筆のせいだと思っているし、これからもずっと鉛筆に頼りきりになるだろう。いや、それでは言い足りない。私は鉛筆に心の底から感謝している。

間もなくみんなが顔を合わせて会える日が来ますように。

500日目　決然とした青年　その10

謝　辞

ジェイン・エイケンとエミリー・ボイスをはじめとするギャリック・ブックスの素晴らしいみなさん、アリソン・サヴィッジ、イザベル・フリン、ルーシー・エイケン、アンディ・バーに心からの感謝を伝えたい。ジェインとエミリーがいなかったらこの本は生まれていなかった。さらに、装幀家のルーク・バードとデザイナーのジェレミー・ホープスにも感謝したい。FMcMに所属するソフィー・グッドフェローとダニエル・クラムにはとてもお世話になった。そして私の代理人であるイゾベル・ディクソンとブレーク・フリードマン・リテラリー・エージェンシーの聡明なみなさん、シアン・エリス＝マーティン、ジェイムズ・ピュージー、ハナ・ムレルほかの方々に御礼を申し上げる。ありがとうございました。

さまざまな形で応援して私に絵を描かせてくれた方々。エリン・アンガラッド、ダリア・エイジム、ミラ・バートック、マット・ベル、ケイト・バーンハイマー、ジョー・ブラッチャー、ダン・ブレイ、イザドラ・カーター、キャサリーン・キャットマル、アレキサンダー・チー、デイヴィッド・コラード、ベンジャミン・ドライヤー、フェルナンド・フロレス、ジョン・フリーマン、古屋美登里、ロドニー・ギブズ、マレラ・ジョヴァンネッリ、ゴールドブラット公爵夫人（架空のネットの人物）、ジョナサン・グリーン、エリアス・グルーバー、エズメ・グルーバー、ローレン・ハルドマン、リア・ハンプトン、リバテイ・ハーディ、エルフリーダ・ハーヴェイ、メアリ・アンジェ・ハーヴェイ、マーシア・ハーヴェイ、クリスティン・ハーヴェンズ、クライヴ・ヒックス・ジェンキンス、レスリー・ヒル、マイケル・ホインスキ、ローレン・ハフ、ゲイブ・ハドソン、マーゴー・ケント、ティム・キンネル、タイシア・キタイスカイア、オースティン・クレオン、ハンス・ピーター・クエンズラー、ルー・クレンズラー、チャールズ・ランバート、サンドラ・リー・プライス、イーユン・リー、ケリー・リンク、ポール・リシッキー、グレゴリー・マグワイア、エイミー・マーゴリス、カロライン・マリー、サブリナ・オラー・マーク、ニック・マーティン、アンナ・マッゾーラ、チャーリー・マッキンタイア、クリス・メグソン、クリストファー・メリル、ナンシー・ミムズ、トム・ムーディ、カルヴァート・モーガン、グレゴリー・ノーミントン、サラ・オリアリー、パティ・オニール、ヘレン・パリス、ヘザー・パリー、マヤ・ペレス、キャサリーン・ペシェル、トマス・プラック、ジュリー・プール、トッド・プルーナー、マルゴ・ラブ、リーラ・ライス、アダム・リード、ヘンリー・ロスウェル、サラ・ルール、キャサリーン・ランデル、プリータ・サマラサン（と２人のお嬢さん)、ケイト・サクソン、ティモシー・シャファート、マイケル・ショーブ、アナカナ・スコフィールド、アルバート・セントン、オリヴァー・セントン、エリザベッタ・スガルビ、ギレルモ・シェリダン、パトリック・シェリダン、マデュー・シン、ジャネット・サマヴィル、ウェズリー・ステイス、スーザン・スティンソン、モーリー・サリヴァン、エリーニ・テオドロポウロス、ルーシー・トロッド、S・カーク・ウォルシュ、ブライアン・ウェイズコプフ、マルグリート・ホワイト、ジェニファー・ウィルクス、ジェフ・ヤングのみなさん、そして絵をリクエストしてくれたみなさん。みなさんのお名前をここにすべて記すことができず、大変申し訳ない。

素晴らしい解説を書いてくれたマックス・ポーターには深甚なる謝意を捧げる。

そして、なによりもこの長い1年あまりを共に過ごした私の愛するエリザベスとガスとマチルダと猫のマーガレットにはとりわけ感謝している。

ありがとうございました。

解　説

マックス・ポーター

私はエドワード・ケアリーの家に入ったことがある。その家は、彼の Twitter の投稿や小説、さらには彼の頭のなかと同じく、驚くべきものや魅力的な品々で溢れ返っていた。骨董品。美術品。奇妙な工芸品。人工物に自然物。生きているもの、死んでいるもの。油絵、鉛筆画、彫塑（ちょうそ）、テムズ川の川辺で見つけたもの、形見の品、発明品、秘蔵品、愛蔵品。エドワードは生ける「驚異の部屋」であり、小説を書きつつも皆が見るべき素晴らしい品々をいろいろ広げて見せてくれる。美しい道を後に残してくれている。

ロックダウン中におこなわれた彼の試みは、そうした活動の延長線上にある。彼は生まれながらの創作者だ。抑えがたい欲求があるのだ。最新作『呑み込まれた男』の主人公ジュゼッペのように、エドワードが巨大魚の腹のなかに閉じ込められでもしたら、きっと間違いなく芸術作品を創るはずだ。絵筆をこしらえて絵を描くに違いない。彼は創作することに夢中で、われわれはその作品を見たくてたまらない。彼が自分に課した作業はいたって簡単なもので、毎日画（え）を描いて Twitter に投稿することだった。何の変哲もないBの鉛筆と、縦12インチ（30.5センチ）横9インチ（22.9センチ）のブリストル紙（ベラム面）を用意して描く。そのあいだ彼のまわりでは、子どもたちが生活したり、勉強したり、食事をしたり、遊んだりしている。また、もうひとつの部屋では、彼の妻で作家のエリザベスが独自の物語を紡ぎ出している。しかし、数多(あまた)の鉛筆画が所狭しと並べられているので、彼女は部屋を横切ることもできない。床を覆い尽くし、いまにも家を呑み込まんばかりの100日分、200日分、300日分の画は、時の流れと人の経験を刻みつけた根気強い紙の記念碑(モニユメント)のようだ。

マイク・ペンス〔トランプ政権下の副大統領〕の不気味な顔にとまった蠅(はえ)を描くのにかかった時間は10分。

排水管のU字形ベンド管と浮き球コックを発明したトマス・クラッパーの肖像画には1時間半ほどかかっただろうか。

美しい仕事だ。この画のおかげで、Twitterという巨大で利己的な空間が、ほんの一瞬でも心地の良い場所に変わる。画面をスクロールし、暴言や攻撃的な主張、嘘、嫌味、破壊行為などが流れていくと、丹念に描かれた画が不意に現れる。トランプ政権時代の疫病が蔓延した一年間に味わった、心をかき乱されるような悲しみが、ほんのしばらくのあいだ和らぐ。ほら、見てごらん、これはいい、ジョルジュ・ペレック〔フランスの作家〕の肖像画だ。

またこの試みには、「善き人が毎日ここで善きおこないをしている」という面がある。いや、それだけではない。エドワードの鉛筆画は意思表示だ。画を描くには時間がかかる。それは、Twitterの残酷なほどの即時性のなかでは大きな意味がある。彼の画というのは、1時間を、またはそれ以上の時間をかけてじっくり観察し、細心の注意を払い、深く考え抜いた結果だ。この一年で時間が少し狂ってしまい、（人格形成にとって必要な）思い出を作る経験が減り、われわれは大したことができないまま、後ろめたさや不安や恐怖などが入り交じったスープのような毎日を送っている。多くの人にとってインターネットの速度は、実際に人々の生活のリズムを傍若無人に乗っ取っていくものになった（脈拍、歩調、勤務交替、休日までの日々、病気の日、命日、茫然とした日々、追悼集会、抗議集会）。エドワードはつるつるした変化の乏しい画面に、肌や筋肉、吹き出物、羽根、牙、嘴（くちばし）などをリアルに写し出す。手にした鉛筆が紙に線を描く。人間や物事に対する飽くなき好奇心が紙の上の愉快な画になる。疲れ果てて不安なわれわれの日常を慰めてくれたのが、この一連の画だ。そしてそれはロックダウン中の子を持つ人や多忙な医師たちに喜んで迎えられ、画廊巡りをする美術愛好家やひねくれた政治家をも大いに愉（たの）しませている。つまり、これらの画はわれわれ全員のために描かれているのだ。

この鉛筆画は、猛烈な速度で動く暴力的な世界のなかで、ゆっくりと時間をかけて慎重に描かれた。声高に主張したり相手をブロックしたりする、血の通わぬボット〔時間のかかる単純作業を自動処理するアプリやプログラム〕やコピーが蔓延（はびこ）る迷宮のなかにあって、手によってひそやかに作られた贈り物だ。人の優しい手と、昔ながらの鉛筆から生まれたものだ。

画が生まれた経緯より大事なのは、なんのために生まれたのか、ということだ。エドワードは好奇心が強く、偏見がなく、繊細で思いやり深い人だ。Twitterの投稿から彼について何がわかるだろう。画以外によく目にするのは、連帯の意識だ。苦しみや抗議の言葉も目にする。銃社会を憂い、拳銃の発砲事件が多い国で子どもを育てることに不安を抱いている。警察や国家によって黒人の生命が危険に晒（さら）されているような場所で生きることに深い絶望を感じている。故郷イングランドが、国土を少しずつ売り渡している自由主義のこそ泥に乗っ取られてきたことを悲しんでいる。EUから離脱したことを嘆いている。嘘つきたちを憎んでいる。エドワードのTwitterを追いかけていけば何を考えているかがわかる。われわれがいるのは嘘が常態化し、残酷さと不正が跋扈（ばっこ）している危険な世界であり、われわれは公正な社会のために、この地球やあらゆる国の子どもたちのために闘わなければならない、と考えている。エドワードのオンライン画廊に現れる（にこやかに笑っている顔の）存命の人や死去した人の画を見ればわかる。活動家もいれば、人権運動の英雄もいる。時代を問わず境界を越えた偉大な作家や芸術家、地下組織もしくは反体制派の人々、時代を象徴する人、壁を打ち砕いた人、歴史上の偉人、忘れ去られた人や見過ごされた人がいる。とりわけ彼が好むのは風変わりな人々だ。発明家や詩人や科学者や偉人のほかにも、不気味な人、にやにやと笑う人、目配せをする人、ろくでなし、ぎょろ目の狂人、エドワードの歴史ショーに登場した名もない変人がいる。民主的なディケンズの登場人物といったタイプもいる。この画廊で称えられるのは、奇人変人や、不思議な形をした珍しいものだ。われわれになにかを教え、愉しみを与えるためにあるのだ。

エドワード・ケアリーの画であるからには、人間ばかりが描かれるわけがない。鳥や熊、驢馬（ろば）や鹿もいる。昆虫に怪物、おかしな魚もいる。（大統領職にある）オレンジや桃は言うに及ばず、この地球上の珍しい生命の回廊を自由気儘（じゆうきまま）に歩き回っている、非常に魅力的で面白い優れた人物のなれの果てもいる。エドワードの目を通すと、この世には素晴らしいもの、愛すべきものがいかにたくさんあるかがわかる。類い稀（まれ）な大勢の人に出くわしたり、いっしょに過ごしたりすることができれば、実に多くのことを教えてもらえる。日毎に変わるエドワードの味わい深い画を2枚並べて、ダンスしている様を思い浮かべてみれば、この諍（いさか）いの多い皮相な世の中は、もっと刺激に満ちた豊かな場所になる。今日のトム・ウェイツと明日の駒鳥（こまどり）。今日のゼイディ・スミスと明日の節足動物。

サミュエル・ジョンソンと獺（かわうそ）。

エメット・ティルと信天翁（あほうどり）。

ドリー・パートンと角目鳥（つのめどり）。

連日の、贅沢で豊饒（ほうじょう）な組み合わせ。エドワードがもたらしてくれるのは、心を込めて集められた物の博物館であり、人生そのもののように予測のつかない毎日だ。ただで使えるもの、人を惹きつけてやまないもの、人間のよりよい能力を信じる才能のあるもの。彼はなんという仲間を作り上げたのだろう。われわれはみな等しく、才気煥発で、変なご面相をしているのだ。

困難な日々が続いている。しかし、日々というのは常にだれかにとって困難なものである。今このときばかりを特別扱いすべきではない。人の感情を理解しようとすれば前へ後ろへ、右へ左へと揺れて空想の世界へ入り込む。エドワードの鉛筆画は、人であってもそうでなくても、そういうものたちのコミュニティを作り出す。一瞬であれ、膨大な年月であれ、生きているものたちのコミュニティを作り出す。フランス革命、ホロコースト、現実の戦争、架空の戦争、性差別、官僚制度、習慣化した人種差別、おとぎ話、食べるために虫をさがすこと、新しい芸術作品を生み出すこと、市民権を擁護すること、4000年のあいだずっと草原にあったかのように動かない石になること。あらゆる種類の画があるこの画廊が提供しているのは、縦にも横にも広がりのある共生の社会だ。2021年のTwitterで悲観的な情報ばかり求めていた利用者は、彼の画を見てこう思ったはずだ。だれもがみなこの同じ状況にいるが、これまでもずっとそうだったのだ、われわれはお互いに学ぶことがたくさんある、と。

エドワードは「なにかしようと思って」この試みを始めたと言う。それこそが芸術というものの深遠で根本的な定義だと私は思う。なにかするためだけに物事を始め、それが積み重なることで他の人に重要な意味をもたらし、それが共有され、さらにわれわれを生き長らえさせる。そしてその流れのなかで、われわれは実に不可思議な「生きる」という経験を学び、成長し、その意味することを汲み取る。私はエドワードに心から感謝している。そしてこの偉大な試みのために身を捧げてくれた無数の鉛筆にもお礼を述べたい。

訳者あとがき

本書*B : A Year in Plagues and Pencils*（Gallic Books, 2021）は、エドワード・ケアリーの画と文章からなる初めてのスケッチ集である。

「疫病と鉛筆の１年」と原書のサブタイトルにあるように、英語版には１年分の365点の画が入っている。ところが実際には、ケアリーは500点もの鉛筆画を描いていた。2022年にイタリアで出版された本には500点すべてが収められている。本書もそれに倣ってすべての画を載せ、それぞれの画の配置もイタリア語版に準拠した。そのため本書には、英語版にはない135点の画と４篇のエッセイが追加されている。なお、英語版（そしてイタリア語版）の画の順番を尊重し、本書は右開きで横書きの体裁になった。

「解説」で作家のマックス・ポーター（後述）が述べているとおり、ケアリーは新型コロナウイルス感染症が広がった2020年３月から１年のあいだ、毎日スケッチ画を１枚ずつTwitterに投稿することに決めた。実にささやかな試みとして始まった画を描く行為が、やがて大きな反響を呼び、こうして作品集にまとめられることになった。その画についてポーターは、「100日分、200日分、300日分の画は、時の流れと人の経験を刻みつけた根気強い紙の記念碑のようだ」、「美しい仕事だ。この画のおかげで、Twitterという巨大で利己的な空間が、ほんの一瞬でも心地の良い場所に変わる」と書いている。家で過ごすのっぺらぼうの時間を区切るように、毎日ケアリーの絵を

Twitter上で観られることは、世界中の人にとって大きな喜びであり、救いであった。

ちょうどこの頃ケアリーは、ピノッキオを創りだしたジュゼッペ（232）を主人公にした『呑み込まれた男』を書き終えたところだった。巨大魚の腹の中から抜け出すことができず、たったひとりで孤独と死と狂気と闘うジュゼッペはこう呟く。「私はほんとうに絵を描くのが大好きだ。心がすり切れないでいるためには、物を創らなければならない」と。そしてケアリーはジュゼッペについて次のように述べている。「私がずっと考え続けていたのは、その孤独と、彼が正気を保つためにやらなければならないことについてだった。まず、彼は忙しくしていなければならない。忙しくしているために生活の記録を書く。さらに、作品を創らなければならない。なんといっても、彼は芸術家なのだから」

ジュゼッペの周りには闇しかなかったが、ケアリーにとってもだれにとっても、どこへも行かれず、人に会えないコロナ禍の日々は一種の闇に等しかった。毎日画を描いているうちに、息子のために描いてほしい、誕生日なので描いてほしいといったリクエストが届くようになり、ケアリーは愉（たの）しそうにリクエストに応えていった。そのため本書には、彼の描きたかったものと人から頼まれて描いたものが混在している。

また本書には、人の顔はもちろん、鳥や獣（けもの）や昆虫の姿、架空の生き物、物語の登場人物も、なにもかもがいっしょくたに収まっている。動物も静物も分け隔てなく並ぶページは、物も人も鳥も獣もすべてが同等で愛しいと主張しているかのようだ。これこそ彼の小説世界を支えている精神である。

描かれているのは英語圏やヨーロッパ大陸の人や物が多いが、

日本のものも登場する。人では宮﨑駿（293）と葛飾北斎（418）。いずれも絵を描く人だ。人外では般若の面（124）と妖怪垢舐め（434）が入っている。

彼の愛してやまない鳥は、日本オリジナル短篇集『飢渇の人』にも繰り返し登場した「大黒椋鳥擬」（3、203、405）で、本書には圧倒的な大きさで何回も登場してくる。「テキサス州が素晴らしいのは、大黒椋鳥擬がいるからだ」とすら述べている。鳥類は本書に40点入っている。そのなかの翡翠（360）は、彼が訳者のために描いてくれたものだ。「散歩をしているときに翡翠を見た」と訳者がTwitterに呟いたところ、2021年3月14日に翡翠の画が、「この画は私の大切な友人にして翻訳家の美登里へ」というメッセージとともに投稿された。その深い思いやりにはただただ感謝するしかない。

同じようにコロナ禍の日々に日毎の愉しみを与えてくれた人人のひとりにイギリスの俳優パトリック・スチュワートがいる。スチュワートは毎日シェイクスピアのソネットを朗読している動画をあげた。いまもその映像はネット上に残っている。ただ残念なことに、ソネットは154篇しかないので、深く心に響く彼の声を聴くことができたのは154日のあいだだけだった。

本書には、画のほかにエッセイが36篇掲載されている。コロナ禍を生きる作家の思いや、生活の様子が窺える貴重な記録である。タイトル『B』は彼の使っているトンボ鉛筆のBに由来しているが、トンボ鉛筆のBがどれほど好きかということを語っている文章もある。鉛筆だけではなく紙や鉛筆削りや消しゴムについても綴っている。道具へのそうした思いは、『望楼館追想』でアンナ・タップが語る「手袋の縫い方」を彷彿とさせる。また、子ども時代に夢中で読んだ本のことや、想像の翼を広げながらジョギングしているところも描かれている。親を思う息子として、子を持つ親としての姿も少しだけ窺い知ることができる。後々、ケアリーの全体像を知るうえでも、本書はきわめて貴重な資料である。

エドワード・ケアリーの経歴と作品は彼のこれまでの小説のあとがきに詳しく書いているので、ここでは簡単に紹介しておく。彼は1970年にイギリスのノーフォークで生まれた。作家であり、ヴィジュアル・アーティストであり、戯曲家でもある。これまで『望楼館追想』（*Observatory Mansions*, 2000）、『アルヴァとイルヴァ』（*Alve and Irva*, 2003）、〈The Iremonger Trilogy アイアマンガー三部作〉の『堆塵館』（*Heap House*, 2013）・『穢（けが）れの町』（*Foulsham*, 2014）・『肺都』（*Lungdon*, 2015）、『おちび』（*Little*, 2018）、『呑み込まれた男』（*The Swallowed Man*, 2020）、2021年に日本独自に編んだ短篇集『飢渇の人』（*Citizen Hunger*, 2021）を上梓している。

マックス・ポーターは1981年生まれのイギリスの作家で、作家になる前はイギリスの文芸誌「グランタ」の編集などの職に就いていた。これまでに発表した作品は、*The Greaf is the Thing with Feathers*（2015）、*Lanny*（2019）、*The Death of Francis Bacon*（2021）、*Shy*（2023）の4作。ケアリーが信頼している作家であることはもちろん、ジョージ・ソーンダーズも「私のいちばん好きな作家のひとり」とポーターの名を挙げている。詩の形式を取り入れた *The Greaf is the Thing with Feathers* は27カ国で翻訳出版されている。この解説は原書では「序」として掲載されていた。

最後に、本書を翻訳出版するにあたって、この度も東京創元社の小林甘奈さん、そしてこちらの質問にいつでも快く応じてくれたエドワード・ケアリーさん、さらには友人の編集者、鹿児島有里さんと大野陽子さんに大変お世話になった。心から御礼を申し上げる。

2023年4月16日　　　　古屋美登里

【画のキャプションの註】

（数字は頁数ではなく日数を表している。『世界人名大辞典』『世界文学大事典』『世界大百科事典』『日本国語大辞典』などを参照した）

5・サミュエル・ピープス（1633-1703）　イギリスの日記作家。この『日記』（1825刊）は、1660年から約10年間の軽薄な世相や退廃的な宮廷生活、ロンドン大火、疫病などが記されていて、ピープスの鋭い観察眼を示す古典的奇書とされている。

7・チャールズ・ディケンズ（1812-70）　イギリスの作家。『オリヴァー・ツイスト』（1838）、『クリスマス・キャロル』（1843）、『荒涼館』（1853）、『二都物語』（1859）。

8・ダニエル・デフォー（1660-1731）　イギリスのジャーナリスト、作家。『ロビンソン・クルーソー』（1719）が有名。ヴァージニア・ウルフから「事実を描く天才」と称された。

10・ジョン・キーツ（1795-1821）　イギリス・ロマン派後期の詩人。物語詩『エンディミオン』（1817）。

13・シャーロット・ブロンテ（1816-55）　イギリスの詩人、作家。『ジェーン・エア』（1847）。

16・メアリ・ウルストンクラフト（1759-97）　イギリスの思想家。女性解放思想を最初に体系づけた。小説『女性の虐待あるいはマライア』（1798）。

18・ロバート・ルイス・スティーヴンソン（1850-94）　イギリスの作家。『宝島』（1883）、『ジキル博士とハイド氏』（1886）。

19・ヴァージニア・ウルフ（1882-1941）　イギリスの作家。『私ひとりの部屋』（1929）、『ダロウェイ夫人』（1925）。

22・マーサ・ゲルホーン（1908-98）　アメリカの作家、従軍記者。「内戦中のスペイン、第二次大戦時のベトナムなど危険地帯へ積極的に取材に出かけ、罪なき人々の声を伝えた」（BBC）

24・ミシェル・ド・モンテーニュ（1533-92）　フランスの思想家。『随想録（エセー）』（1580）。

26・リチャード2世（1367-1400）　イングランド王。シェイクスピアの戯曲になっている。

27・ウィリアム・ブライ（1754-1817）　イギリスの海軍士官。イギリス軍艦「バウンティ」号の艦長。

28・フローレンス・ナイチンゲール（1820-1910）　イギリスの看護師。クリミア戦争に従軍。看護師の社会的地位の向上に貢献した、近代看護の創始者。

・メアリ・シーコール（1805-81）　ジャマイカ出身の看護師。クリミア戦争のときに前線で負傷者を救済した。

29・ロバート・ヘルプマン（1909-86）　オーストラリアのバレエ・ダンサー、振付師。

30・ジュディス・アンダーソン（1897-1992）　オーストラリア出身の女優。

31・ジョージ・オーウェル（1903-50）　イギリスの作家。『動物農場』（1945）、『1984年』（1949）。

34・アルベルト・アインシュタイン（1879-1955） ドイツ出身の理論物理学者。1921年にノーベル物理学賞を受賞。特殊相対性理論や一般相対性理論が有名。
36・ウィリアム・シェイクスピア（1564-1616） イギリスの詩人、劇作家。詩集『ソネット集』（1609）、戯曲『ハムレット』（1601）、『リア王』（1605）、『マクベス』（1606）など。
37・シドニー・ガブリエル・コレット（1873-1954） フランスの作家。『シェリの最後』（1926）、『牝猫』（1933）など。
39・イブン・スィーナ（980-1038） イスラムの思想家、医学者。『医学典範』（11世紀頃）。
40・ジョン・ダン（1573-1631） イギリスの詩人、聖職者。『詩集』（1633）。
42・D・H・ローレンス（1885-1930） イギリスの詩人、作家、批評家。『息子と恋人』（1913）、『チャタレイ夫人の恋人』（1928）。
46・バスター・キートン（1895-1966） アメリカの映画俳優。アクロバットを主体とする喜劇で有名。
47・キャリー・フィッシャー（1956-2016） アメリカの映画俳優。『スター・ウォーズ』（1977）、『恋人たちの予感』（1989）など。
49・マクシミリアン・ロベスピエール（1758-94） フランスの政治家。フランス革命の指導者で、立役者。
51・サミュエル・ベケット（1906-89） フランスの作家、劇作家。『ゴドーを待ちながら』（1952）。
52・リトル・リチャード（1932-2020） アメリカのミュージシャン、ソングライター。多くのミュージシャンに影響を与えたロックンロールの草分け的な存在。
53・肝っ玉おっ母 ベルトルト・ブレヒトの戯曲『肝っ玉おっ母とその子どもたち』の主人公。「ドイツ座」での上演ではブレヒトの妻ヘレーネ・ヴァイゲルが演じた。
55・エドワード・リア（1812-1888） イギリスの画家、詩人。『ナンセンスの絵本』（1956）。
56・トマス・ペイン（1737-1809） イギリスの革命思想家、政治評論家。
58・エミリー・ディキンソン（1830-1886） アメリカの詩人。死後に高く評価された詩人で、『ディキンソン詩集』（1981）には1789篇が収められている。
59・ジャンゴ・ラインハルト（1910-53） フランスのジャズ演奏家、ギター奏者。
61・W・G・ゼーバルト（1944-2001） ドイツの作家。『目眩まし』（1990）、『アウステルリッツ』（2001）など。
63・ティルダ・スウィントン（1960- ） イギリスの俳優。『ナルニア国物語／第1章：ライオンと魔女』（2005）、『フィクサー』（2007）ではアカデミー助演女優賞を受賞。
64・ジョルジュ・ペレック（1936-82） フランスの作家。『眠る男』（1967）、『煙滅』（1969）など。
69・カスパール・ハウザー（1812-33） ドイツの孤児。長い間地下の牢獄に監禁されていた。
70・ジャッキー・ケイ（1961- ） イギリス（スコットランド）の詩人、作家。
72・ジョージ・フロイド（1973-2020） 人種差別による暴力の犠牲者。これをきっかけに警察の暴力に反対する大規模な抗議デモが起きた。
73・ブリオナ・テイラー（1993-2020） 人種差別による暴力の犠牲者。自宅にいるところを7人の警官に押し入られ、拳銃で撃たれて死亡。
74・アマド・オーブリー（1994-2020） 人種差別による暴力の犠牲者。ジョギング中にトラックで追いかけられ、銃撃された。
75・バラク・オバマ（1961- ） アメリカの政治家、弁護士。合衆国第44代大統領。
76・デイヴィッド・マカティー（1967-2020） 人種差別による暴力の犠牲者。抗議デモを排除しようとした警察と州兵が発砲した弾によって死亡。
77・ジェイムズ・ボールドウィン（1924-87） アメリカの黒人作家、公民権運動家。『ジョヴァンニの部屋』（1956）、『もう一つの国』（1962）など。
79・ドナルド・トランプ（1946- ） 合衆国第45代大統領。
80・ウィリアム・バー（1950- ） 第85代司法長官。ドナルド・トランプ政権に忠実だったが、最後には対立し、辞任。
81・ミッチ・マコーネル（1942- ） アメリカの政治家。トランプ政権下の上院のまとめ役。ベトナム戦争時の1967年に、視神経炎を理由に徴兵忌避した疑惑がつきまとう。
82・ジャシンダ・アーダーン（1980- ） ニュージーランドの政治家。第40代ニュージーランド首相。
83・レオポルド2世（1835年-1909年） ベルギー国王。私領にしたコンゴに対する苛烈な植民地政策が批判された。
84・エドワード・コルストン（1636-1721） イギリスの政治家、奴隷商人。1895年にコルストンの幅広い慈善活動を記念してブリストルに銅像が建てられたが、2020年の人種差別への抗議デモで倒された。
85・ロバート・E・リー（1807-70） アメリカ南北戦争の英雄、軍人。奴隷制を必要悪として擁護。
・ジェファーソン・デイヴィス（1808-89） アメリカの政治家、軍人。南部人に敬愛され、リッチモンドに銅像が作られていたが、奴隷制を容認していたとみなされた。
・クリストファー・コロンブス（1451-1506） イタリア出身の探検家、奴隷商人。
・セシル・ローズ（1853-1902） イギリスの植民地政治家。南アフリカの鉱山王。アパルトヘイトの原型となる法律を制定。
86・アンネ・フランク（1929-45） ドイツ系ユダヤ人。死後出版された『アンネの日記』で、ナチス・ドイツのユダヤ人虐待が広く知られることになった。
87・フェルナンド・ペソア（1888-1935） ポルトガルの詩人、作家。『フェルナンド・ペソア詩集』（1960）、『不安の書』『ポルトガルの海』。
88・グザヴィエ・ド・メーストル（1763-1852） フランスの作家。蟄居文学の嚆矢『部屋をめぐる旅』（1795）、『コーカサスの捕虜』（1825）。
90・ジョー・コックス（1974-2016） イギリスの政治家。女性の権利擁護に取り組む。EU残留を支持。ブレグジットの国民投票をめぐる時期に極右の狂信的な男性に殺害される。
91・アラン・ガーナー（1934- ） イギリスの児童文学作家。『ブリジンガメンの魔法の宝石』（1960）、〈ストーン・ブック四部作〉（1976～78）。

92・ヴェラ・リン（1917-2020） イギリスの歌手、女優。第二次世界大戦中には「イギリス軍の恋人」と言われた。晩年には多くの慈善活動に身を投じた。
93・イアン・ホルム（1931-2020） イギリスの俳優。『エイリアン』（1979）、『炎のランナー』（1981）。
・6月19日　奴隷の身分にあった人々の解放を祝う日。
97・アラン・チューリング（1912-54） イギリスの数学者。第二次世界大戦中にドイツ軍の暗号解読の仕事に携わる。現代計算機科学の父と言われる。
98・ドン・キホーテ　スペインの作家セルバンテスの小説『才智あふるる郷士ドン・キホーテ・デ・ラ・マンチャ』（1605・1615）の主人公。
99・サラ・クーパー（1977- ） アメリカのコメディアン。ドナルド・トランプを口パクで諷刺して人気を得る。
100・ヘンリー・デイヴィッド・ソロー（1817-62） アメリカの思想家。『市民の抵抗』（1849）は、不服従運動の古典としてガンジーやキング牧師に影響を与えた。
104・カール・ライナー（1922-2020） アメリカの映画監督、俳優。コメディ映画を得意とし、映画やテレビ・ドラマにも多く出演した。
107・フランツ・カフカ（1883-1924） プラハ生まれのドイツ語作家。『変身』（1915）、『流刑地にて』（1919）、『審判』（1925）、『城』（1926）など。
108・ジョナサン・グロフ（1985- ） アメリカの俳優、歌手。『アメリカン・スナイパー』（2014）、『アナと雪の女王』ではクリストフの声を担当。
110・フリーダ・カーロ（1907-54） メキシコの画家。孤独と苦悩により、多くのシュルレアルなイメージの自画像を残した。『ちょっとした刺し傷』（1935）。民族芸術の第一人者と見なされる。
111・ゴールドブラット公爵夫人　Twitter上の架空の人物。王室の血を引く81歳とされている。
113・マーヴィン・ピーク（1911-68） イギリスの詩人、作家、イラストレーター。〈ゴーメンガースト三部作〉（1946～59）。
115・ブルーノ・シュルツ（1892-1942） ポーランドの作家。『肉桂色の店』（1934）、『書簡』（1964）など。ゲシュタポに撃たれて死亡した。
117・アンソニー・S・ファウチ（1940- ） アメリカの医師、免疫学者。「感染症に関する第一人者」と呼ばれる。
119・エメリン・パンクハースト（1858-1928） イギリスの女性参政権活動家。1903年に「女性社会政治同盟」（WSPU）を設立。
・レンブラント（1606-69） オランダの画家。物語画、肖像画、風景画、風俗画など、質量ともに他を圧倒する作品群を残した。
121・ドリー・パートン（1946- ） アメリカの女優、シンガーソングライター。カントリーミュージックの第一人者。
122・ジョン・ルイス（1940-2020） アメリカの政治家、公民権運動活動家。1963年、キング牧師たちと共に人種差別撤廃を求めるワシントン大行進のデモを組織した。
127・アレクサンドリア・オカシオ＝コルテス（1989- ） アメリカの政治家。2018年、史上最年少の女性下院議員となり、環境、性的・人種的マイノリティ、中絶問題など、多方面での意見が若い世代に影響を与えている。

129・エメット・ティル（1941-55）　アフリカ系アメリカ人の少年。白人女性に口笛を吹いたことで惨殺され、公民権運動のきっかけのひとつになった。

130・オリヴィア・デ・ハヴィランド（1916-2020）　アメリカの女優。映画『風と共に去りぬ』（1939）、『女相続人』（1949）。

131・ピーター・セラーズ（1925-80）　イギリスの喜劇俳優。〈ピンクパンサー・シリーズ〉のクルーゾー警部役で知られる。

132・イーユン・リー（1972-　）　中国系アメリカ人作家。『千年の祈り』（2005）、『黄金の少年、エメラルドの少女』（2010）。

134・エミリー・ブロンテ（1818-48）　イギリスの作家。『嵐が丘』（1847）。

・ケイト・ブッシュ（1958-　）　イギリスのシンガーソングライター。デビュー作「嵐が丘」はテレビ・ドラマ『嵐が丘』を見て作ったという。

136・ハーマン・メルヴィル（1819-91）　アメリカの詩人、作家。『白鯨』（1851）、『戦争詩集』（1866）。

141・レティシア・ジェイムズ（1958-　）　アメリカの法律家。元NY州知事クオモ氏のセクシャル・ハラスメント行為を認定し、全米ライフル協会の解散を求めて提訴したNY州司法長官。

143・シャーリイ・ジャクスン（1916-65）　アメリカの作家。『壁の向こうへ続く道』（1948）、『ずっとお城で暮らしてる』（1962）など。

144・トーベ・ヤンソン（1914-2001）　スウェーデン語系フィンランド人の作家、画家、児童文学作家。〈ムーミン・シリーズ〉が有名。

145・グロリア・スワンソン（1899-1983）　アメリカの女優。『港の女』（1928）、『サンセット大通り』（1950）。

146・カマラ・ハリス（1964-　）　アメリカの政治家、法律家。第49代副大統領。女性、インド系、アフリカ系のアメリカ人で初めて副大統領職を得た。

148・ノッケンまたはネック　ゲルマン神話の水の精霊。

149・スティーヴ・マーティン（1945-　）　アメリカのコメディアン、俳優、ミュージシャン。

153・ミシェル・オバマ（1964-　）　アメリカの法律家。オバマ元大統領の妻。

155・デヴィッド・ボウイ（1947-2016）　イギリスのロック・ミュージシャン、俳優。

156・アレグザンダー・チー（1967-　）　アメリカの詩人、作家、ジャーナリスト。『エディンバラ　埋められた魂』（2001）。

159・ホルヘ・ルイス・ボルヘス（1899-1986）　アルゼンチンの詩人、作家。『ブエノスアイレスの熱狂』（1923）、『伝奇集』（1944）。

162・アンジェラ・カーター（1940-92）　イギリスの作家。『血染めの部屋』（1979）、『夜ごとのサーカス』（1984）。

163・艾未未（アイウエイウエイ）（1957-　）　中国の現代美術家、建築家、文化評論家。2008年の四川大地震で死んだ学生の氏名を公表する活動で5000人以上の名前が集まった。後に、当局から拘束される。

164・チャドウィック・ボーズマン（1976-2020）　アメリカの俳優、脚本家。『ブラックパンサー』（2018）。

165・メアリ・ウルストンクラフト・シェリー（1797-1851）　イギリスの作家。『フランケンシュタイン』(1818)。

166・皇帝カリギュラ（12-41） 第3代ローマ帝国皇帝。自己の神格化を要求して、のちに暗殺される。

168・ヨーゼフ・ロート（1894-1939） オーストリアの作家。『果てしなき逃走』(1927)、『ラデツキー行進曲』(1932)、『聖なる酔っぱらいの伝説』(1939)。

171・フレディ・マーキュリー（1946-91） イギリスの歌手。ロックバンド「クイーン」のボーカル。「キラー・クイーン」(1974)、「ボヘミアン・ラプソディ」(1975)。

172・ヴィクトル・ユゴー（1802-85） フランスの詩人、作家。『レ・ミゼラブル』(1862)、『九十三年』(1874)。

173・エリザベス1世（1533-1603） イギリスの女王。

175・レフ・トルストイ（1828-1910） ロシアの作家。『戦争と平和』(1865～69)、『アンナ・カレーニナ』(1875～77)。

176・ダイアナ・リグ（1938-2020） イギリスの俳優。『女王陛下の007』(1969)、『地中海殺人事件』(1982)。

178・トム・ベイカー（1934- ） イギリスの俳優。『ニコライとアレクサンドラ』(1971)、『バスカビル家の犬』(1982)。

179・ロアルド・ダール（1916-90） イギリスの作家、脚本家。『あなたに似た人』(1953)、『チョコレート工場の秘密』(1964)。

180・エイミー・ワインハウス（1983-2011） イギリスのシンガーソングライター。

181・アガサ・クリスティ（1890-1976） イギリスの作家。「ミステリの女王」として知られる。多くの作品が映画化・ドラマ化された。『オリエント急行の殺人』(1934)、『そして誰もいなくなった』(1939)。

182・エリザベス・マクラッケン（1966- ） アメリカの作家。『ジャイアンツ・ハウス』(1996)、*The Souvenir Museum*（2021)。

184・サミュエル・ジョンソン（1709-84） イギリスの詩人、批評家。『英語辞典』(1755)、『英国詩人伝』(1781)。

・ルース・ベイダー・ギンズバーグ（1933-2020） アメリカの法律家。27年にわたり連邦最高裁判所判事。「法律はハラスメントを受ける人々の側にあります」という言葉を残している。

185・ウィリアム・ゴールディング（1911-93） イギリスの作家。『蠅の王』(1954)、『自由な転落』(1960)。1983年ノーベル文学賞受賞。

187・ジローラモ・サヴォナローラ（1452-98） イタリアの宗教指導者。1491年にフィレンツェのサン・マルコ修道院長になるが、教皇庁の堕落を批判して火刑に処された。

189・ブリオナ・テイラー 73を参照。

190・ジム・ヘンソン（1936-90） アメリカの映画監督、人形遣い。セサミストリートのキャラクターを制作。

191・ドミトリー・ショスタコーヴィチ（1906-75） ロシアの作曲家、ピアニスト。「交響曲第7番」(1941)、「弦楽四重奏曲第8番」(1960）など。

194・トマス・クラッパー（1836-1910） イギリスの配管技術者、商売人。便器や浴槽の普及に貢献した。

195・ミゲル・デ・セルバンテス（1547-1616） スペインの作家。『ドン・キホーテ』（1605・1615）。
198・ジャマル・カショギ（1958-2018） サウジアラビアのジャーナリスト、作家。オサマ・ビン・ラディンを追いかけていた。サウジアラビア総領事館に入ってから行方不明。
199・エドガー・アラン・ポー（1809-49） アメリカの詩人、作家。『アッシャー家の崩壊』（1839）、『モルグ街の殺人』（1841）。
201・エドワード・P・ジョーンズ（1950- ） アメリカの作家。『地図になかった世界』（2003）はピュリッツァー賞フィクション部門を受賞。
204・ルイーズ・グリュック（1943- ） アメリカの詩人、エッセイスト。2020年ノーベル文学賞受賞。
205・ギレルモ・デル・トロ（1964- ） メキシコの映画監督。『シェイプ・オブ・ウォーター』（2017）でアカデミー作品賞、監督賞を受賞。
206・ハロルド・ピンター（1930-2008） イギリスの詩人、劇作家。2005年ノーベル文学賞受賞。
207・エレノア・ルーズベルト（1884-1962） アメリカの婦人運動家、文筆家。元大統領フランクリン・ルーズベルトの妻。
209・ウェンディ・デイヴィス（1963- ） アメリカの政治家。
210・ハンナ・アーレント（1906-75） ドイツ出身のアメリカの政治哲学者、思想家。『全体主義の起源』（1951）、『エルサレムのアイヒマン』（1963）。
211・イタロ・カルヴィーノ（1923-85） イタリアの作家。『木のぼり男爵』（1957）、『見えない都市』（1972）。
212・オスカー・ワイルド（1854-1900） イギリスの詩人、作家。『幸福な王子』（1888）、『ドリアン・グレイの肖像』（1891）。
215・フィリップ・プルマン（1946- ） イギリスの作家。児童文学、ファンタジー小説を書く。『ライラの冒険』（1995〜2000）。
216・ベラ・ルゴシ（1882-1956） ハンガリーの俳優。『魔人ドラキュラ』（1931）のドラキュラ役で知られるホラー映画界の大スター。
217・アーシュラ・K・ル＝グウィン（1929-2018） アメリカの作家。SF、ファンタジー作品が多い。『闇の左手』（1969）、〈ゲド戦記四部作〉（1968〜90）。
218・ハリー・フーディーニ（1874-1926） アメリカの奇術師。脱出王と呼ばれ、あらゆる鎖や手錠から脱出する芸を見せた。
219・ウナ・オコナー（1880-1959） アイルランド系アメリカ人の俳優。『透明人間』（1933）、『フランケンシュタインの花嫁』（1935）。
221・ゼイディー・スミス（1975- ） イギリスの作家。『ホワイト・ティース』（2000）、『美について』（2005）。
223・ディラン・トマス（1914-1953） イギリスの詩人、短篇作家。『死と入口』（1946）。
224・イーヴリン・ウォー（1903-66） イギリスの作家。『黒いいたずら』（1932）、『ピンフォールドの試練』（1957）。
227・ショーン・コネリー（1930-2020） イギリスの俳優。〈007・シリーズ〉のジェイムズ・ボンド役のほか、『薔薇の名前』（1986）、『アンタッチャブル』（1987）。

230・ジョー・バイデン（1942-　）アメリカの政治家、弁護士。第46代大統領。
232・ジュゼッペ　『ピノッキオの冒険』のピノッキオを作った大工。ケアリーの『呑み込まれた男』の巨大魚に呑み込まれた主人公。
・ガイ・フォークス（1570-1606）イギリスの「火薬陰謀事件」の首謀者。議会を爆破しようと、地下室に36樽の爆薬を隠した。
233・ステイシー・エイブラムス（1973-　）アメリカの政治家、弁護士。ジョージア州知事に立候補したときに選挙妨害を受ける。バイデン勝利の立役者のひとり。『正義が眠りについたとき』(2021)。
235・ブラム・ストーカー（1847-1912）アイルランド生まれの作家。『吸血鬼ドラキュラ』(1897)。
・串刺し公ヴラド（1431-76）『吸血鬼ドラキュラ』のドラキュラ伯爵のモデルとされる、15世紀のワラキア公国（現ルーマニア）の君主。
236・皇帝ヴィルヘルム2世（1859-1941）第3代ドイツ皇帝。
237・ウィリアム・ホガース（1697-1764）イギリスの画家、銅版挿絵家。『ジン横丁』(1751)、『美の分析』(1753) など。
238・英霊記念日曜日の雛罌粟（ひなげし）　ジョン・マクレーの詩「フランダースの野に」にあるように、第一次大戦で激戦地となったフランダースでは、戦闘が止んだあと、荒れ野に赤い雛罌粟が一面に咲いたという。以来戦没者を悼む象徴となった。
241・アストリッド・リンドグレーン（1907-2002）スウェーデンの作家。『長くつ下のピッピ』(1945〜48)、『やねの上のカールソン』(1955〜68)。
242・アナイリン・ベヴァン（1897-1960）イギリスの政治家。生涯にわたって労働者の権利を守る姿勢を貫き、アトリー内閣保健大臣時代には、国民保健サービス（NHS）を導入した。
243・ジョゼ・サラマーゴ（1922 – 2010）ポルトガルの作家、ジャーナリスト。『白の闇』(1995)、『リカルド・レイスの死の年』(1986)。
245・マーガレット・アトウッド（1939-　）カナダの詩人、作家、批評家。『侍女の物語』(1985)、『誓願』(2019)。
246・ルディ・ジュリアーニ（1944-　）アメリカの政治家、法律家。2020年の大統領選で、選挙に不正があったとの情報を根拠がないまま拡散し、複数の州で弁護士資格を停止された。
247・ジャン・モリス（1926-2020）ウェールズ出身の歴史家、紀行作家。2008年に「タイムズ」紙で、戦後15番目の偉大なイギリス作家に選ばれた。
248・ヴォルテール（1694-1778）フランスの小説家、啓蒙思想家。理性と自由をかかげて専制政治と教会を批判した。『カンディード』(1759)。
252・マックス・シュレック（1879-1936）ドイツの俳優。『吸血鬼ノスフェラトゥ』(1922) でオルロック伯爵を演じた。
254・エイダ・ラヴレス（1815-52）イギリスの貴族、数学者。世界初のコンピュータ・プログラマー。父親は詩人のバイロン卿。
255・ウィリアム・ブレイク（1757-1827）イギリスの詩人、画家。『無垢と経験の歌』(1794)、『エルサレム』(1804)。
256・C・S・ルイス（1898-1963）アイルランド系イギリス人作家、学者。全7巻の『ナルニア国物語』(1950-56) が有名。

257・ジョナサン・スウィフト（1667-1745）　アイルランド系イギリス人の詩人、諷刺作家。『ドレイピア書簡』（1724）、『ガリヴァー旅行記』（1726）。
258・マダム・タッソー（1761-1850）　フランスの蠟人形作家。イギリスで蠟人形館を設立。ケアリーは彼女の伝記小説『おちび』（2018）を発表。
260・ジョゼフ・コンラッド（1857-1924）　ポーランド生まれのイギリスの作家。『闇の奥』（1899）、『ロード・ジム』（1900）。
261・イーディス・キャヴェル（1865-1915）　イギリスの看護師。第一次世界大戦時、両陣営の兵士の命を分け隔てなく救い、連合軍兵士のベルギー脱出を助けた罪によりドイツ軍に処刑される。
264・トム・ウェイツ（1949-　）　アメリカのシンガーソングライター。『クロージング・タイム』（1973）、『ワン・フロム・ザ・ハート』（1982）。
265・カミーユ・クローデル（1864-1943）　フランスの彫刻家。ロダンの弟子でありモデルであり愛人。『ワルツ』（1892）、『分別盛り』（1895～99）。
・マーガレット・キーナン（1930-　）　90歳のイギリス女性。ファイザー社のコロナ・ワクチン接種第1号となった。
266・マーガレット・ハミルトン（1902-85）　アメリカの俳優。『ララミー牧場』（1962）、『パートリッジ・ファミリー』（1973）。
267・クラリッセ・リスペクトル（1920-77）　ブラジルの作家。『星の時』（1977）。
268・ナギーブ・マフフーズ（1911-2006）　エジプトの作家。1988年にエジプトの作家として初めてノーベル文学賞を受賞。『狂気のつぶやき』（1938）。
269・グレイス・ペイリー（1922-2007）　アメリカの詩人、作家、反戦活動家。『最後の瞬間のすごく大きな変化』（1974）、『その日の後刻に』（1985）。
・エドヴァルド・ムンク（1863-1944）　ノルウェーの画家。『病める子』（1885～86）、『叫び』（1893）、『マドンナ』（1895）、『嫉妬』（1895）。
271・ノストラダムス（1503-66）　フランスの占星術師、医師。予言詩『諸世紀』（1555）が有名。
272・エドナ・オブライエン（1932-　）　アイルランドの作家。『カントリー・ガール』（1960）、『みどりの瞳』（1962）、『愛の歓び』（1964）。
273・ルートヴィヒ・ヴァン・ベートーヴェン（1770-1827）　ドイツの作曲家。ピアノ・ソナタ、交響曲、協奏曲、弦楽四重奏曲などに多くの傑作を残した。
274・ジョセフ・グリマルディ（1778-1837）　イギリスのパントマイム俳優、道化師。
279・ドアのにおい嗅ぎサンタ　アイスランドの妖精ユール・ラッズの一人。クリスマスに登場する13人のサンタクロースの11人目。大きく敏感な鼻を持ち、クリスマス用のパン、リーフブレッドのにおいに誘われ、風のように走ってやってくる。
285・アラスター・グレイ（1934-　）　スコットランドの作家、画家。『ラナーク』（1981）、『哀れなるものたち』（1992）。
286・ライナー・マリア・リルケ（1875-1926）　ドイツの詩人。『マルテの手記』（1910）、『ドゥイノの悲歌』（1923）。
287・ダニイル・ハルムス（1905-42）　ロシアの詩人、作家。前衛芸術活動が反ソ連的とされ、逮捕、投獄され、獄中にて餓死した。『出来事』（1933～39）。不条理な作風で知られる。

290・リンダ・バリー（1956-　）　アメリカの漫画家。
291・グレタ・トゥーンベリ（2003-　）　スウェーデンの環境活動家。「気候変動対策」を真剣におこなうべきだと15歳のときに議会の前でたった一人で呼びかけた活動が全世界に広がった。
292・ルイ・ブライユ（1809-52）　フランスの盲学校教師。6つの点を組み合わせてアルファベットを表す点字を考案した。
293・宮﨑駿（1941-　）　日本の映画監督、アニメーター、漫画家。『風の谷のナウシカ』（1984）、『天空の城ラピュタ』（1986）、『となりのトトロ』（1988）、『魔女の宅急便』（1989）、『ハウルの動く城』（2004）など。
294・ラファエル・ウォーノック（1969-　）　アメリカの政治家。南部連合の旧州ジョージア州から選出された初めてのアフリカ系アメリカ人の民主党上院議員。
295・ナンシー・ペロシ（1940-　）　アメリカの政治家。第60代、第63代下院議長となる。議会の歴史上、女性初の、しかもイタリア系アメリカ人で初の下院議長である。
299・トマス・ハーディ（1840-1928）　イギリスの詩人、作家。『狂乱の群れを離れて』（1874）、『ウェセックス詩集』（1898）。『テス』（1891）、『日陰者ジュード』（1895）。
302・ルイス・キャロル（1832-98）　イギリスの作家、数学者。『不思議の国のアリス』（1865）、『スナーク狩り』（1876）、『もつれっ話』（1885）。
303・オシップ・マンデリシュターム（1891-1938）　ポーランド出身のロシア系ユダヤ人の詩人、エッセイスト。詩集『石』（1913）、『時のざわめき』（1925）。
304・スーザン・ソンタグ（1933-2004）　アメリカの作家、批評家、社会運動家。『ラディカルな意志のスタイル』（1969）、『隠喩としての病い』（1978）。
305・アン・ブロンテ（1820-49）　イギリスの作家。『アグネス・グレイ』（1847）、『ワイルドフェル・ホールの住人』（1848）。
・ブランウェル・ブロンテ（1817-48）　ブロンテ家唯一の男子。甘やかされて育てられ、姉妹の才能にコンプレックスを抱き、やがて酒と麻薬に溺れて早世する。
306・マーティン・ルーサー・キング・ジュニア（1929-68）　アメリカの公民権運動の指導者として非暴力によって人種差別反対の活動をおこなった。
309・テオドール・セヴェリン・キッテルセン（1857-1914）　ノルウェーの画家。自然や伝説の妖精トロールを描いた絵で有名。
312・E・T・A・ホフマン（1776-1822）　ドイツの作家、作曲家。ポーなどに影響を与えたとされる。『黄金の壺』（1814）、『ウンディーネ』（1816初演）。
313・ロバート・バーンズ（1759-96）　イギリスの詩人。スコットランドでいちばん愛されている詩人。「蛍の光」の原曲「オールド・ラング・ザイン」などの歌謡で親しまれた。バーンズ・ナイトは、彼の誕生日の1月25日にその生涯や作品を記念して祝うイベント。
315・プリーモ・レーヴィ（1919-87）　イタリアの作家。アウシュヴィッツ強制収容所から奇跡的に帰還し、『アウシュヴィッツは終わらない』（1949）を上梓。
316・ヘンリー8世（1491-1547）　イギリス国王。離婚するためにイギリス国教会を成立させた。

317・アントン・チェーホフ（1860-1904） ロシアの作家。『かもめ』（1896）、『ワーニャ伯父さん』（1897）、『三人姉妹』（1901）、『桜の園』（1904）の四大劇が後世に及ぼした影響ははかりしれない。
318・マハトマ・ガンジー（1869-1948） インドの政治指導者、思想家。非暴力的抵抗で知られ、民族解放・独立のために活動した。
319・アラン・アレクサンダー・ミルン（1882-1956） イギリスの童話作家。『クマのプーさん』（1926）、『プー横丁にたった家』（1928）。
320・ミュリエル・スパーク（1918-2006） イギリスの作家。『ミス・ブロウディの青春』（1961）、『邪魔をしないで』（1971）。
321・トム・ムーア卿（1920-2021） イギリス陸軍退役大尉。国民保健サービスのための寄付を募ろうと、老いた身に鞭打って、自宅の庭を100回往復し、日本円に換算して47億円を集めた。
322・ボフミル・フラバル（1914-97） チェコの作家。共産党政権下の厳しい検閲を受けながらも書き続けた。『わたしは英国王に給仕した』（1973）、『十一月の嵐』（1990）
323・ローザ・パークス（1913-2005） アメリカの公民権運動活動家。「公民権運動の母」と呼ばれ、人種差別撤廃に尽力した。96年に「大統領自由勲章」を、99年に「議会名誉黄金勲章」を受章。
324・クリストファー・プラマー（1929-2021） カナダ出身の俳優。アカデミー賞、エミー賞、トニー賞を獲得した稀有な俳優。『サウンド・オブ・ミュージック』（1965）。
325・フランツ・メッサーシュミット（1736-1783） ドイツの彫刻家。
326・チャールズ・ディケンズ 7を参照。
329・ボリス・パステルナーク（1890-1960） ロシアの詩人、作家、翻訳家。詩集『わが妹人生』（1922）、『ドクトル・ジバゴ』（1957）、翻訳『ファウスト』（1953）。
330・シルヴィア・プラス（1932-63） アメリカの詩人。詩集『エアリアル』（1965）、小説『ベル・ジャー』（1963）。
332・W・N・P・バーベリオン（1889-1919） イギリスの日記作家。26歳の時に多発性硬化症と診断され、人生や自然、社会といったさまざまなことを綴った深遠な『絶望の日記』（1919）は、もっとも痛ましい日記と称される。
334・ジャック・フロスト この妖精は、霜や氷、雪、霙（みぞれ）、冬の寒さ、凍えるような寒さを擬人化したもの。
335・バッカス ローマ神話のワインの神。ギリシア神話のディオニュソスのこと。マルディグラは謝肉祭の最後の日のことで、華やかなパレードをおこなうところもある。
337・トニ・モリスン（1931-2019） アメリカの作家。1993年にアメリカの黒人作家として初のノーベル文学賞を受賞。『青い眼がほしい』（1970）、『ビラヴド』（1987）。
338・カーソン・マッカラーズ（1917-67） アメリカの作家。『心は孤独な狩人』（1940）、『結婚式のメンバー』（1946）。
341・エドワード・ゴーリー（1925-2000） アメリカの絵本作家。『うろんな客』

(1957)、『不幸な子供』(1961)。

342・ジャンバティスタ・バジーレ(1575ころ-1632) イタリアの詩人、作家。地元のナポリ語の衰退を憂慮して説話を蒐集したものが、死後『ペンタメローネ(五日物語)』(1636)として刊行された。

343・グリム兄弟(兄ヤーコプ[1785-1863]、弟ヴィルヘルム[1786-1859]) ドイツの言語学者、文献学者。『グリム童話』(1812)、『ドイツ伝説集』(1816)。

345・チャールズ・ロートン(1899-1962) イギリスの俳優。『戦艦バウンティ号の叛乱』(1935)、『大時計』(1948)。

346・セーヌ川の身元不明少女 1880年代終わりにセーヌ川から溺死体で見つかった身元不明の少女。その容貌の美しさから1900年以降の芸術家の家で彼女のデスマスクを飾ることが流行り、その顔が多くの芸術作品の題材になった。

348・ウェールズのドラゴン 赤いドラゴンはウェールズの国の象徴。

349・愚か者 テキサス州知事のグレッグ・アボットのこと。

350・ジョルジュ・ビゼー(1838-75) フランスの作曲家。『アルルの女』(1872)、『カルメン』(1874)。

353・ガブリエル・ガルシア=マルケス(1928-2014) コロンビアの作家。1982年にノーベル文学賞受賞。『百年の孤独』(1967)、『予告された殺人の記録』(1981)。

354・アマンダ・ゴーマン(1998-) アメリカの詩人。バイデン大統領就任式で『わたしたちの登る丘』(2021)を朗読した。

355・マララ・ユスフザイ(1997-) パキスタンの人権問題活動家、フェミニスト。2014年にノーベル平和賞を受賞。女子教育の必要性を訴え続けている。

356・フランシスコ・デ・ゴヤ(1746-1828) スペインの画家。「裸のマハ」(1800)、「着衣のマハ」(1805)は特に有名。

357・ミハイル・ブルガーコフ(1891-1940) ロシアの作家。『巨匠とマルガリータ』(1966)は20世紀ロシア小説の傑作とされている。背後にいるのはその小説に登場する黒猫ベゲモート。

359・リチャード・ダッド(1817-86) イギリスの画家。精神病院に収容中に非常に緻密な絵を描いた。「お伽の樵の入神の一撃」(1855〜64)が有名。背後にいるのはモチーフの妖精。

363・デブ・ハーランド(1960-) アメリカの政治家、弁護士。先住民として初めて閣僚になった。

364・デイヴィッド・ジョーンズ(1895-1974) イギリスの画家、詩人。水彩画、木版画も制作した。

366・ウィリアム・シェイクスピア 36を参照。

367・ヘンリック・イプセン(1828-1906) ノルウェーの劇作家。リアリズム劇の確立者で、「近代劇の父」と呼ばれる。『人形の家』(1879)、『民衆の敵』(1882)。

369・ヨハン・ヴォルフガング・フォン・ゲーテ(1749-1832) ドイツの詩人、作家、政治家。ラテン語、ギリシア語、ヘブライ語、仏語、伊語、英語を習得した教養人。『若きウェルテルの悩み』(1774)、『ファウスト』(1808)。

372・フラナリー・オコナー(1925-64) アメリカの作家。『善人はなかなかいない』(1955)、『烈(はげ)しく攻むる者はこれを奪う』(1960)。

373・ウォルト・ホイットマン(1819-92) アメリカの詩人。『草の葉』(1855)。

374・ベバリイ・クリアリー（1916-2021） アメリカの児童文学作家。『がんばれヘンリーくん』（1950）。
375・ヴァージニア・ウルフ 19を参照。
376・ロバート・ファルコン・スコット（1868-1912） イギリスの南極探検家。1912年1月17日南極点に到達したものの、すでにアムンゼンが一月前に先着していた。『スコット最後の探検』（1913）。
377・フィンセント・ファン・ゴッホ（1853-90） オランダの画家。『夜のカフェ』『ひまわり』（1888）、『アイリス』（1889）。
380・ハンス・クリスチャン・アンデルセン（1805-75） デンマークの作家。『即興詩人』（1835）、「人魚姫」「裸の王様」「みにくいアヒルの子」「マッチ売りの少女」（1837～45）。
381・ジェーン・グドール（1934- ） イギリスの動物行動学者、霊長類学者、人類学者。『森の隣人』（1969）、『心の窓――チンパンジーとの30年』（1990）。
384・アルブレヒト・デューラー（1471-1528） ドイツの画家、版画家。『アダムとイヴ』（1504）、『書斎の聖ヒエロニムス』（1514）。
387・シャルル・ボードレール（1821-67） フランスの詩人。生前唯一の詩集『悪の華』（1857、61）は、反道徳的・反宗教的内容だとして司法当局の訴追を受け、裁判の結果6篇の削除を命ぜられ、のちに新たな姿で出版された。
388・エイミー・ヘンペル（1951- ） アメリカの短篇作家、ジャーナリスト。『生きる理由』（1985）、『タンブルホーム』（1997）。
389・カート・ヴォネガット（1922-2007） アメリカの作家。『プレイヤー・ピアノ』（1952）、『母なる夜』（1961）、『スローターハウス5』（1969）。
393・ローベルト・ヴァルザー（1878-1956） スイス生まれのドイツ語作家。『ヤーコプ・フォン・グンテン』（1909）、『湖畔の国』（1919）。
394・ラルフ・エリスン（1914-94） アメリカの作家。ボールドウィンと並ぶアフリカ系アメリカ人の優れた作家で、『見えない人間』（1952）が有名。
395・アイザック・ディネーセン（1885-1962） デンマークの作家。『アフリカの日々』（1937）、『冬の物語』（1942）。
397・チャールズ・ダーウィン（1809-82） イギリスの博物学者。自然淘汰による進化論を提唱。『ビーグル号航海記』（1839）、『種の起源』（1859）、『人類の起源』（1871）。
411・ドディ・スミス（1896-1990） イギリスの作家。『ダルメシアン 100と1ぴきの犬の物語』（1956）。
415・ラビンドラナート・タゴール（1861-1941） インド最大の文学者。詩人、劇作家、作家、音楽家、画家、哲学者。1913年にノーベル文学賞を受賞。『黄金の舟』（1894）。
416・デイヴィッド・アッテンボロー（1926- ） イギリスの植物学者、動物学者、作家。『地球の生きものたち』（1979）。
418・葛飾北斎（1760-1849） 日本の浮世絵師。『富嶽三十六景』（1831～33）、『北斎漫画』（1814～49）。
421・ダフネ・デュ・モーリア（1907-89） イギリスの作家。『レベッカ』（1938）、『林檎の木』（1952）、『鳥』（1963）。

422・エドワード・ジェンナー（1749-1823） イギリスの医師。牛痘種痘法を創始し、天然痘による死亡を激減させることに貢献した。
428・ジョン・パートウィー（1919-96） イギリスの俳優、コメディアン。『ローマで起った奇妙な出来事』（1966）、『女王陛下のトップガン』（1977）。
429・エリザベス・フライ（1780-1845） イギリスの博愛主義者。貧民の問題、女囚のための監獄の改善などを生涯の仕事にした。
430・ローレンス・オリヴィエ（1907-89） イギリスの俳優。シェイクスピア劇の役で名声を博した。『ハムレット』（1948）、映画『レベッカ』（1940）、『高慢と偏見』（1940）、自伝『一俳優の告白』（1982）。
432・キャスリーン・ヘイル（1898-2000） イギリスの画家、イラストレーター。『ねこのオーランドー』（1938-72）シリーズで有名。一緒にいるのはオーランドー。
433・レオノーラ・キャリントン（1917-2011） イギリス生まれの画家、彫刻家。メキシコに移住して活躍。神秘的なシュルレアリスム絵画を追求した。
435・エリック・カール（1929-2021） アメリカの絵本作家。『はらぺこあおむし』（1969）、『パパ、お月さまとって！』（1986）。
437・魔法使いマーリン 『アーサー王物語』に登場する、アーサー王を補佐する魔法使い。
438・ルネ・ファルコネッティ（1892-1946） フランスの俳優。『裁かるるジャンヌ』（1928）。
439・ルイーズ・ブルジョワ（1911-2010） フランス生まれのアメリカの彫刻家。巨大な蜘蛛の彫刻が有名。
442・フランツ・カフカ　107を参照。
444・フェデリコ・ガルシア・ロルカ（1898-1936） スペインの詩人、劇作家。詩集『詩の本』（1921）、『血の婚礼』（1933）、『イェルマ』（1934）。
445・アレクサンドル・プーシキン（1799-1837） ロシアの詩人。『スペードの女王』（1834）、『大尉の娘』（1836）。
447・ジョセフ・パクストン（1803-65） イギリスの造園家、建築家。鉄製フレームにガラスを取り付ける独創的な工法を開発し、第1回ロンドン万国博覧会（1851）で水晶宮を建設したことで有名。
448・チャールズ・ディケンズ　7を参照。
449・モーリス・センダック（1928-2012） アメリカの挿絵画家。『かいじゅうたちのいるところ』（1963）、『まどのそとのそのまたむこう』（1981）。
451・ジューナ・バーンズ（1892-1982） アメリカの作家。アナイス・ニン、ロレンス・ダレルなどに影響を与えた。『嫌味な女たちの書』（1915）、『夜の森』（1936）。
452・ウィリアム・バトラー・イェイツ（1865-1939） アイルランドの詩人。1923年ノーベル文学賞を受賞。『葦間の風』（1899）、『螺旋階段』（1933）。
454・エドワード・マイブリッジ（1830-1904） イギリスの写真家。疾走する馬の連続撮影を成功させ、4本脚がどのように動くかを証明してみせた。
455・ヴァージニア・ウルフ　19を参照。
・ジェイムズ・ジョイス（1882-1941） アイルランドの詩人、作家。『ダブリン市民』(1914)、『若き芸術家の肖像』(1916)、『ユリシーズ』(1922)。
456・チヌア・アチェベ (1930-2013) ナイジェリアの詩人、作家。『崩れゆく絆』(1958)。
457・マクシム・ゴーリキー (1868-1936) ロシアの作家、劇作家。『どん底』(1902)、『母』(1907)。
462・アンナ・アフマートヴァ (1889-1966) ロシアの詩人。『夕べ』(1912)、『レクイエム』(1963)。
464・ロジャー・リヴセイ (1906-76) イギリスの俳優。『天国への階段』(1949)、『紳士同盟』(1960)。
465・ピーター・ローレ (1904-64) ハンガリー出身の俳優。『カサブランカ』(1942)、『八十日間世界一周』(1956)。
471・マリー＝アンヌ・ピエレット・ボールズ・ラヴォアジェ (1758-1836) フランスの女性。科学者アントワーヌ・ラヴォアジェの妻として夫の実験を手伝い、成果を上げた。
473・ジョージ3世 (1738-1820) イギリスの国王。
479・マルセル・プルースト (1871-1922) フランスの作家。20世紀を代表する長篇小説『失われた時を求めて』(1913-27) は、多くの作家に影響を与えた。
482・フリーダ・カーロ 110を参照。
487・トマス・ブラウン (1605-82) イギリスの医師、作家。『医師の信仰』(1643)。
489・ジョゼフ・マロード・ウィリアム・ターナー (1775-1851) イギリスの画家。『トラファルガーの戦い』(1822)、『湖に沈む夕陽』(1840)。主に風景画を描いた。
491・トマス・ベケット (1118-70) イギリスの聖職者。カンタベリー大司教。教会の自由を主張し、ヘンリー2世と争い、王に殺された。
493・初代ウェリントン公爵アーサー・ウェルズリー (1769-1852) イギリスの軍人、政治家。「ワーテルローの戦い」でナポレオンを撃破した。

B: A YEAR IN PLAGUES AND PENCILS
by Edward Carey

This book is published in Japan by TOKYO SOGENSHA CO., Ltd.
Japanese translation published by arrangement with Edward Carey
c/o Blake Friedmann Literary Agency Ltd.
through The English Agency (Japan) Ltd.

B
鉛筆と私の500日
2023年7月14日　初版

著　者　エドワード・ケアリー
訳　者　古屋美登里（ふるやみどり）
発行者　渋谷健太郎
発行所　(株)東京創元社
東京都新宿区新小川町1-5　〒162-0814
TEL　03-3268-8231(代)
URL　http://www.tsogen.co.jp

装　画・本文挿絵　エドワード・ケアリー
装　幀　東京創元社装幀室
印　刷　フォレスト
製　本　加藤製本

乱丁・落丁本は、ご面倒ですが小社までご送付ください。
送料小社負担にてお取替えいたします。

ISBN978-4-488-01125-3 C0097